青春的纪念碑

转瞬，我们已流逝

端华　著

北京日报出版社

图书在版编目（CIP）数据

青春的纪念碑 / 端华著 . -- 北京 : 北京日报出版社，2018.4

ISBN 978-7-5477-2933-5

Ⅰ . ①青… Ⅱ . ①端… Ⅲ . ①长篇小说－中国－当代 Ⅳ . ① I247.5

中国版本图书馆 CIP 数据核字 (2018) 第 053271 号

青春的纪念碑

出版发行： 北京日报出版社
地　　址： 北京市东城区东单三条8-16号东方广场东配楼四层
邮　　编： 100005
电　　话： 发行部：（010）65255876
总编室：（010）65252135
印　　刷： 北京宝昌彩色印刷有限公司
经　　销： 各地新华书店
版　　次： 2018年 4 月第1版
2018年 4 月第1次印刷
开　　本： 880 毫米 × 1230 毫米　1 / 32
印　　张： 6.5
字　　数： 145 千字
定　　价： 32.00 元

这是一段段妙趣横生的故事，读来让人忍俊不禁，但笑过之后，却能品咂出一些深层次的东西。生活是需要态度的，而“态度”决定你的思想和走向。岁月的“遗珠”被作者拾起，串连起来，闪着动人的光泽，令人喜欢。

安徽省作协主席、著名作家许辉

◇◇◇

沈从文是从湖南凤凰田野里肆意生长起来的，汪曾祺是在江苏高邮水乡中茁壮发展起来的，而端华则是从皖南的原野上走出来的。他们都固执地带着故乡山水的印记，在城市里讨生活。岁月熟悉的味道从字里行间流淌而出，营造了一个可以安放灵魂的空间。

著名作家余同友

一个从农村里出来的孩子，在现代社会中身上保留着某些“古板”特质，用文字将这种“特质”放大，构成了一种美，不仅仅存在于作者本身，读者也会从中感受到这种经过“雕琢”之后的美来，也一定存在于自己的经历中。这一点是很有吸引力的。

宣城市文联副主席、作家黄廷洪

◇◇◇

“接地气”，又不失“诗和远方”的意蕴之美，这也是对现代人“身心”近距离的一次解读，给人以对美的想象空间。作者用朴素的文字为我们展示了一幅幅有趣的生活图景，无论时间变化，真心不变，真情不变，总有许多动人瞬间存留心间。

宣城市文联主席、作家徐艾平（书同）

自序：顺着心灵而行

我理想中的生活，拥有一个带露台的房间，露台上放几盆花草，有一把木椅，几上摆放着一本书和一杯热茶。在阳光明媚的上午，看着远方，想一想在世界的另一个地方会有另一些人。也可以什么都不想，坐在那里也是一种幸福。我越来越觉得一段美好的岁月就是用感恩的心态去面对生活，简化生命中所遇到的一切，维持内心的平静。在飞逝的时光里，与你爱的世界融为一体，相生相成，难舍难分。

随着年龄的增长，青春消逝，容颜变老，一些熟知的人离开，再往后甚至能遇见亲人离世的小高潮。尽管心里很清楚这是一种生命的正常代谢，也仍免不了疼痛。我只是在寻找一种方式，一种在我看来很特别的方式，将他们藏起来，我想告诉自己，他们一直都在。过往的许多事都在脑子里装着，仿若推开一扇门，轻唤一声，就会立即有人转过身来。对于我来说，过往的那些事很特别，丢弃了就永远丢弃，如若拾在手里，便会盛开，芬芳四溢。写这样一本书，也正是为了圆这样一个梦想，让自己的心灵之旅不孤单。

曾经是散养的野孩子，书没好好念，爬树掏鸟，偷桃摘果，母亲恫吓我，再不好好读书就会像前村的老万那样娶不到媳妇，背驼了眼瞎了都没人管……打架、放屁、摸女生屁股，我永远是站在那帮男生最后面的一个，但讲究公平的校长绝不会因为我站在最后面而轻饶我，他对每一个人都不会手下留情……喜欢一个姑娘，用小刀将她的名字刻在竹片上……在那个年代，我遇到的那些人用他们的方式改造了我。

让他们从我的笔端流出，这是很有趣也很有意思的一件事情。我以文字的方式收留他们，也替自己找到了一份消除寂寞与空虚的工作。当然，他们也在以他们的方式拯救我，净化我的心灵，使我变得安静。诸如此类，这是一股幸福的源泉，一种浪漫的感觉。我会一直坚持，让他们融入我，变成我生命色彩的一部分。

当然，我也明白，随着他们的走出，我的身体也会慢慢变老，此消彼长，直至衰竭……做自己想做和喜欢做的事情，等着自己慢慢变老，看看生命的尽处会有些什么……

一本书，一杯茶，一种生活，几行文字。如此，幸福并满足。

目 录

空城计 | 079

某年某月某人｜153

那年高三

01. 严禁拉屎

突然觉得自己老了，过去一跃而起抓住的树枝，如今怎么也够不着了，而且动作奇特、怪异、无解。以前摔一跤能立即爬起，丝毫感觉不到疼痛，看见别人“大蟆蛤”“狗吃屎”还幸灾乐祸。笑人笑己，如今这一切都真真切切地落在自己头上。

十七岁那年，我在街上看见一个四十岁男人肚子上的毛发，觉得不可思议，同时，也为自己的瘦弱感到不安和羞愧。曾经与我一起玩耍的昌荣因第一次生理反应而惊慌失措，他当时的孤立无助让我记忆犹新。当身体的某个地方生长出第一根毛发时，他密切关注，并开始偷看别人的，暗中比较。这些似乎是生命中短暂的瞬间，却永远被定格在脑子里。

我的中学是在一个乡镇上念的，那是一座拥有很高知名度的学校，精明能干的校长被各种光环加身，那些荣誉如果换成一枚枚奖章挂在身上，一定如鳞片一样，被风一吹，闪闪放光，十分壮观。但就是这样一所名校，基础设施建设却严重不足，首当其冲是厕所，四百个学生只有七八个蹲坑，每到下课时间，同学们夹着屁股在厕所外排起长龙，景象十分壮观。

有同学去附近农家借厕所行方便。农家的厕所很简易，里面是一口缸，缸上面端着两块木板，一只脚踩一个。那会儿正长身体，能吃能喝，屎尿也多，一到下课时间就一手擒着裤子，一路小跑，感觉后腰以下，肛门以上，像是有只蛋在那儿游移，慢一步就掉进裤裆里了。

女生通常比男生占优势，三五个一起去农家帮忙摘豆角或帮忙拔菜园地里的草，总能受到户主的喜爱，甚至还留她们吃个饭什么的。但来借厕的人多了，就给农家带来了不便。有一天，农家厕所外贴了一张告示：严禁拉屎。告示是不起作用的。户主实在没辙了，就拴一条恶狗在厕所门口，这下非常管用，那些女生兴冲冲地一路小跑过来，看见恶狗挡在前面，也只有撤退了。

学校里有一间废弃的教室，木门早就不见了踪影，也被充当了临时厕所。

校长两眼深陷，瘦且憔悴，黄昏行走在路上就像两件衣服在飘，好不瘆人。他每天天不亮就出门，甚至裤门都来不及拉上就匆匆上路了。

一天，昌荣冲上来一把抠住我的裤裆，那时候见面要么就是当胸一拳，要么就是在下面来那么一下。那天很不凑巧，昌荣抠到一手大便，从此克服掉这个人生中的坏习惯。那时候昌荣经常挂在嘴上的一句话："你逃什么啊，我又不吃人。"昌荣拉屎跟我也抢位置，有时候我真不愿意搭理他。

昌荣最大的本领是他站着跟校长说话能把问题解决在裤裆里，做到面不改色心不跳。这在今天看起来是多么不可思议的一件事情，但在那时更像是掌握了一项特殊技能。

抬首之间，我们看见校长在校园大道上如苍狗袭月般快速行进，据说距离学校不远处农民的红薯地被野猪刨了，但后来经过仔细辨认，发现野猪是被冤枉的，是人为。那位农民伯伯经过反复研究得出结论，是我们学校的学生所为。校长竟然怀疑到我的头上，厉声问："你有没有参与？"一起被怀疑的还有昌荣，以及另一位男同学。我添油加醋地将校长的旨意传达给他们，二位诚惶诚恐。校长说："你们是惯犯，一次又一次地踩警戒线，绝不轻饶！"听校长的话，这所学校不光是教书育人的地方，也是劳动改造人的地方。想想那些年月，真亏了校长的一番苦心，我们才能安分守己地活到今天。

抗拒从严，坦白从宽。昌荣却从来都不认命，那时就已经养成了又臭又硬的性格，这跟他日后从事诗歌写作有很大关系。他不以为然："不带这么草菅人命的吧！"站在最前面的人永远都最倒霉。校长将手往桌上一拍，食指戳在昌荣的脑门上。昌荣那个大脑袋立刻像一根大白萝卜似的左右摇晃。

事情最后的处理结果是校长要求每一个被怀疑的对象都随他一起去农民的红薯地，现场示范给他看。真是不看不知道，一看吓一跳，农民伯伯的红薯地里一片狼藉。红薯地里一只只的屎壳郎正铆足了劲儿如一台台推土机在作业。这屎拉得是里三层外三层，就跟排兵布阵似的。那红薯地案子的最后审理结果是不了了之，但我敢拿人头担保，昌荣绝对是案犯之一。

早晨，太阳刚出来时，还有些冷。校园大道两侧的香樟挺拔丰满，有风吹来时又如仙女的纤纤玉指在轻抚琴弦，然后又接连落下几滴似泪似晶的东西。女生们小心地迈着脚，以免被从天而降的露水溅到。男生们看起来比以往任何时候都要猥琐，似乎永远都是“吃一堑，少一智”。

昌荣横冲直撞地跑过来，一下撞在我的身上，突然传来“扑哧”一声响，就见他直挺起身子如中弹一般。上厕所人次陡增，往往还没轮到自己进去，上课铃声就又响了。于是，课堂上不时有人举手：“老师，我要上厕所。”上厕所的人数增加，可能跟忽冷忽热的天气有关。为解决切身问题，同学们舍近求远，去往农民伯伯的红薯地，在那里形成了一道道奇观。

山雨欲来风满楼，校长的气吞劲儿是我们学校的一块招牌，他的浩气长存。在校长精神的指引下，我们学校一拨又一拨学子前赴后继，向着最高学府进发。我们就是一拨拨孙猴子，校长每时每刻都在念紧箍咒。我们就算有上天入地的本领，也逃不出他的手掌心。

校长沿着校园大道一边气吞山河，一边用他的脚力向世人证明他的英明与伟大。不知道是谁将一泡屎拉在校园大道上，大概是有些时间了，性状发生改变，呈灰褐色，跟路面的颜色相差无几。校长已经不止一次将脚踩上屎，虽然克服不了，但却练就了一套弹屎的好脚法，只见他找了个长草的地方，连甩带踢，突然一只鞋从脚上飞出去，迎着昌荣的脸就过去了，不是躲得快，整只鞋就会扣在昌荣的脸上。

校长从事教育工作三十年，从当初教书当老师，到后来当校长，训人、批斗，甚至武斗、擒拿术，都是多年工作经验的积累。曾几何时，校园之内被拉屎风波困扰，校长为此与学生做艰苦卓绝的斗争，只要还有一泡屎在，他绝不会放松警惕。

当众人都夹起屁股做人，静观其变之时，昌荣却趁夜自习蹲在校园大道上，差一点没将屎拉在蹲守在黑夜里校长的脚背上。校长弹起来就是一脚。昌荣那几天一直不能落座。

校长曾在师生大会上痛斥道："你们从校园之外拉到校园之内，从农民的红薯地里拉到校园大道、走廊、教室门口！"说到最后，竟声音沙哑，表现出从未有过的悲愤。鼎鼎大名的某名校校长竟然为几泡屎整日奔波、夜不能寐，可叹！

我从一旁观瞧校长，避免跟他正面接触是对的，如果被他看见我一副做贼心虚的样子，一准儿认为我参与其中。那绝对不是我希望看到的！

02. 灵魂与素质

我从厕所里出来，听见上课铃响，便快速向教室跑。正赶上徐莉莉从女生寝室出来，撞了个满怀。正在我迟疑该不该追上去向徐莉莉道歉时，一旁的葛长征说：“老李，你胆儿够肥啊，咱们班长的路你也敢拦，还想不想混了！”我上前想拉一把徐莉莉，却被她推开。我没有去追徐莉莉是一个很明智的做法。葛长征说：“老李，你也太不仗义了吧，把班长撞了，也不跟人说声对不起，你懂不懂怜香惜玉？”

葛长征身上背着案子。那天，葛长征在教室附近引诱校长的阿黄去吃屎，被满世界找狗的校长发现，一路猛追过来，吓得他仓皇而逃。校长像一位勤劳的农民，早起时还得带着粪筐和粪棍，在朦胧的月色里猛然出现，有如正义之神的化身。富丽中学看似强大朴素，却很少有人知道这里面所包含的辛酸和不易，甚至说血泪都不为过。校长大声斥责拉屎之人，葛长征赶巧打附近路过，吓得面色如土。这是一个谜案，不会有人良心发现主动站出来。这种时候我十分警惕，稍有麻痹就会被转移焦点，受小人栽赃。

我进教室的时候，里面特别安静。同学这么多年，我从来没有看见徐莉莉吐过痰，这就是素质。葛长征嗓子里卡了东西出不来，像只布谷鸟似的不时发出咕咕声，一口痰飞向窗外，借助风力溅在刚好路过的历史老师的眼镜上。什么素质啊！我替这人捏把汗，替我们的国家和民族感到悲哀！

上历史课时，我眼睛瞟向窗外，阿黄颠着屁股从校园大道上跑过。我很纳闷，这狗吃屎也能长这么胖，跟校长的瘦形成鲜明对比。我曾经不止一次地对着那只狗小声呼唤："老厉，过来。"心里想着校长精瘦的模样，几乎只剩下一副枯骨了。

正在我暗自得意之时，突然有人叫我："老李，校长让你去一趟他的办公室。"我诚惶诚恐，不知道发生了什么事情。四天前，徐莉莉被热水烫了，我帮她脱裤子的事不知道哪个孙子向校长汇报了。"到底有没有这种事？"校长十分严厉地看着我。"没有。"无论如何，我是不会出卖灵魂的。"你还想在学校里待下去吗？"我十分诧异，难道为了这芝麻粒大的事，他想开除我？这理由也太不充分了吧！"要想人不知，除非己莫为。你是来学校读书还是来混日子的？这三年，除了拉帮结派，打架斗殴，谈恋爱拉屎之外，你还能干什么？你害不了我，我已经是这所学校最大的官儿了，再过两年，我就要退休了。你害的是你自己……"

究竟是谁告的状呢？有人说是徐莉莉自己。不可能，徐莉莉把读书看得比命还重要，她的素质那么高，是不可能干出这种龌龊之事的。正当我抱着侥幸心理跟校长干耗之时，校长突然拿出一页纸往我面前一丢。我不敢相信这是徐莉莉上交的检讨书。什么世道啊，还有天理吗？为了读书出卖好人，这也算是高素质吗？我死也不能瞑目啊！

校长能使富丽中学三十年保持不败战绩，在风雨中前进，一而再、再而三地受到上级嘉奖，不是嘴上说的那么轻巧，得拿出真本事。为此，校长每天都做出一副与绝症做殊死搏斗的精气神儿，三十年如一日地昂首挺胸，不容易。但他的一手遮天不得人心，他已经和这个时代格格不入了，所有人都在想：他为什么还不退休或主动辞职？就连上面来视察的领导在面对校长那一副“鞠躬尽瘁死而后已”的悲催模样时，也不得不满面堆笑地表达景仰之情。历久弥坚的老校长让很多人痛心疾首，很多人却对他无计可施。

校长说：“死又怎样？如果你不能好好读书，不能上一所好的大学，将来一定比现在死得难看！”校长就是校长，从来不玩虚的。他老人家是从物质极度匮乏的年代一路狂奔过来的，他坚信取得功名是获得美好前程的开始，否则一切都是白费。几十年来，只要没有冲破他的底线，他就不会放弃一名学生，让他们在富丽中学这座熔炉里浴火重生，脱胎换骨。

以葛长征为首的一批差生被挑了出来，接受整编和改造。我因这一次考试成绩有所提高被排除在这支队伍之外。我不小心乐了出来，被校长看见，大声冲我吼：“你先别得意，考场如战场，是真枪实弹干出来的。将来你要是没走出富丽镇，没成为人才，那是我失职，愧对你父母对我的信任，愧对你的先人。考一个好成绩真有那么难吗？比让你吃屎还难吗？”

校长将被挑出来的差生排成一排，开始训话：“古今中外，但凡有建树者，无一不是饱学之士。三代不读书，犹如一圈猪。只有通过读书，才能使人变得聪颖睿智。在与时俱进的时代，我们的社会缺少的是品学兼优的人才，尤其是你们这一代人，长大后将是国家的栋梁，不要放弃你们读书的权利。你们不应该将读书视为洪水猛兽，放任自己。学会享受这个过程，你会找到生命的广度和深度……”

校长的话很有道理，想想当初，我们每天背着书包按时出发，放学准点回家吃饭，爹妈以为自个儿的孩子正像小树苗似的茁壮成长，谁知都跟中了邪似的，路走歪了，再想让他临渊止步，却已冰冻三尺，非一日之功可以扭转乾坤了！

03. 气吞山河的校长

三班的一名女生越轨被查出怀孕。校长差不多快要疯了，每天天不亮就起床，他一面要对上和对外封锁消息，一面还要做出一副狗急跳墙的样子对那名犯下“滔天罪行”的男生进行抓捕和审讯。这件事足以将校长的目光拴在上面，无暇顾及其他。细数一下校长这些年所干的事情，似乎与他的职业并不相称。他一直在这条线上像一只蚂蚱一样被捆住手脚，做垂死挣扎，从未顺利过。曾经也是青春清纯的少年，如今的腿、手、眼、嘴却再也不是当初的腿、手、眼、嘴了。尤其是那已经明显驼起来的背，也许要不了多久就如骆驼一般气吞山河了。从未读过刑侦学的校长要将侦查进行到底。但这一次的性质非常恶劣，足以将他从校长的宝座上赶下去。

校长每天天不亮就像赶集似的，脸不洗，牙不刷，匆匆走上校园大道，突然又想起什么，快速往回跑去。他饱受摧残的那张脸像一只吊瓜，在凄风苦雨中飘摇不定，让人十分同情。此刻没有人再想着把他丢去井里了。如果有杯热茶，我很愿意端上去献给他。

很快，全校师生大会在操场上召开。校长依旧高调地仰起脖子，只是多了几分不安与悲愤：“书是开启心灵的钥匙，它让你们走出愚昧。不读书，蒙昧无知，心灵空虚扭曲变形……”他像过去某位革命领袖，为拯救人民于水火奔走呼号，在唤醒他们业已麻木的灵魂，情到深处，热泪盈眶：“你们这一代人，长大后将是国家的栋梁，不要放弃你们读书的权利，想想你们的父辈、你们的祖辈，守着穷山沟沟读不起书，受苦受累一辈子。再想想更偏远山区里的孩子，一辈子种地放羊——他们难道不想读书吗？不是的，他们只是没有机会像你们一样坐在这里实现自己的人生梦想……”

突然有人晕倒了，有人惊呼。但校长并不打算就此罢手，在学校面临生死存亡的时刻，他突然感到肩上的担子无比沉重。他可以再降低高度，再把腰弯曲一些，但学校不能垮。

“总有你玩得不想玩的时候，到玩厌的时候再想回头就已经无力回天了。别人都功成名就，想想你除了吃与喝，为这个社会创造了什么，为自己留下了什么，为这个世界留下了什么。不要总以为有许多无形的手在掐着你的脖子，让你喘不过气。你是一缕朝霞，才刚刚开始就想放弃灿烂的人生了吗？如果不，那么从现在开始，面对厚厚的课本不要皱眉，不要恐惧，它们不会吃了你，更不会涨破你的大脑！”

说到最后，校长老泪纵横，泣不成声。这绝地反击的一幕令众师生看得目瞪口呆。好一曲千古绝唱！

校长的演讲过去不到十分钟，许莉坚手里握着一片西瓜啃得津津有味。许莉坚嘴上留下一道道西瓜汁液，被风吹干了像盛开的一朵花儿。她让我感到她的无可救药。

祖大佑在埋头苦读，就着月夜不顾风冷，如一尊菩提一般忘记归程。祖大佑从后山绕道回学校途经教工宿舍时，冷不丁和一个人撞上。原来是历史老师，二人的眼神都不好使。历史老师先发制人：“谁？”祖大佑受到惊吓，去地上寻找眼镜时，摸到一束鲜花，没敢吭声。

那束鲜花是历史老师弄丢的，直到第二天还躺在地上，一副遭人蹂躏的模样。历史老师的鲜花究竟要送给谁？这或许又是一个惊天的秘密。

每天早晨，校长两条生风的腿都会驮着他的身子风驰电掣般从校园大道上飘过，据说他是在为那名越轨的女生寻找堕胎的医生。我看着校长匆匆离去的背影，想到他这辈子有可能在这件事上玩完。

许莉坚却在这个时候出现在我面前，我对许莉坚有一种不祥的预感，她是唯一知道我很多秘密的人，通常知道太多事情的人都会死得很难看。她会死吗？

04. 我的列祖列宗

在这个秋天里，我无精打采地行走在校园大道上。葛长征也站在操场的另一头，不停地挠痒，几下之后还意犹未尽。很快，葛长征又悠闲地掏出一把兰花豆，吃得津津有味，发出清脆的嘎嘣声。祖大佑每天起得比鸡早，睡得比狗晚，他绝对是这所学校里的一道风景，在一片陈旧的徽派建筑中，他已经不像是一个学生了，那身材长相，加上他的八字须，倒像是一位财主。难能可贵的是在他这位财主身上还透着几分书卷气。长读将军，这一次如果再高考不中，不仅愧对列祖列宗，更对不起校长那张气吞山河的嘴。

我继续在历史老师的课上用书挡在前面打瞌睡，历史老师的课堂上始终充满了嗡嗡的响声，像有只苍蝇，这也给我睡觉不小心遗露出来的呼噜声打了很好的掩护。历史老师如三月小雨淅沥沥地下的声音戛然而止，课堂上立刻变得异常安静，只觉得有什么东西从我头顶上飞过去，然后落地，响声不大，但绝不是苍蝇，我初步判断应该是一支粉笔。

“起来！”历史老师的声音永远都缺乏力度，但绝不缺乏底气。

我吓得慌乱地往起站，当我定睛去看时，却见众人的目光都瞅着葛长征。我立刻意识到刚才历史老师那一声怒吼不是冲着我来的，而是葛长征。我弓了一半的身子立刻又坐下来，装作浑身难受的样子伸出手来敲背。为了验证我在睡意中的判断，我用眼睛去地上寻找，果然有一支粉笔停留在距离葛长征不远的地上。我无意中看了一眼坐在我右前方的徐莉莉，她也正好看了我一眼。我哆嗦了一下，她的眼神让我感觉比老师还要严厉。其实我挺为徐莉莉着急的，觉得她没必要步校长的后尘，把自己弄成一副反派的嘴脸。

在课堂上睡觉，我的难度比葛长征要大多了，既要防对面的老师，又要防一侧的徐莉莉。徐莉莉大多数时候对我的事情不管不问，但她的眼神总让我担心她会把我在学校里的表现告诉我妈。下课时，我继续在正前方和右侧方竖着书本埋头苦睡。书本突然被人掀翻在地上，就听见徐莉莉在说："喂，你到底要睡到什么时候？"

我很反感徐莉莉一副教训人的嘴脸，她凭什么对我这样？她既不是老师，又不是我妈，是不是管得太宽了，以为她成绩好，有几分姿色，就很了不起吗？我无精打采地斜视了她一眼，很不配合她的生气，继续歪头趴在桌上。

我转过方向，朝着另一边睡。在另一边，葛长征正脸朝我这边睡得香，他的脸上早已经被同学用圆珠笔画上斗大的几个字：列祖列宗啊，我困了！我扑哧一声笑了。

临近中午，困倦之气席卷了整个课堂，犹如进入了撒哈拉沙漠一般，巨蜥行走发出沙沙声。随着徐莉莉的一声起立，众人强打精神站起来，然后屁股像块石头似的沉沉落下去，再然后是死一片的沉寂。化学老师的双脚行走起来像穿行在沙漠里的猎手，她绝对是踩上了巨蜥，有人发出嗷的一声尖叫。我迅速睁开眼睛，原来是做梦了。化学老师的脚步每次快要接近我时，我都能迅速做出判断，并快速将眼睛睁开，大而无神地紧盯前方的课本。从学这么多年，这也是多年的经验总结，对将来的威胁能迅速做出反应，这绝对是一种功力。

“请你起来回答这个问题。”

化学老师绝对是一个凶悍的女人，一点也不亚于前任英语老师。我一边往起站，一边左顾右盼，与此同时，脑子快速地运转着，眼前却是白茫茫一片。

我正欲哭无泪之时，突然传来一声屁响。包括化学老师，众人都将头扭向葛长征。

“葛长征，你起来回答。”

我差一点没笑出声来。葛长征这屁来得太及时了。最要命的是“列祖列宗”还在他脸上挂着。葛长征的口水还在嘴角往下流淌，一副茫然无措的表情。

“你在干什么？上课不听讲，不想上课，给我滚出去。”

葛长征一脸委屈地站起身来往教室门外走。

化学老师回过头来继续盯着我。我的心咯噔一下，心想完了，刚才只顾窃笑，疏于防范了。我左顾右盼，希望能有个人来拯救我。我朝徐莉莉看了一眼，徐莉莉明白我的意思，却故意将头转了过去。

“你到底有没有在听？”

“在——在听。”

“在听？那你告诉我上到哪一页了？”

我的眼睛向一侧瞟去，然后迅速打开课本，但这一切都逃不过化学老师的眼睛。

“你还在做梦呢，你是不是也在为列祖列宗读书呢？你要不想听也给我滚出去！”

尽管我心有不甘，但却不得不往教室外面走。葛长征像只老虎似的占据着某个地盘，虎视着我。不过我挺感激他那声响屁的，如果不是这样，我的处境远比现在艰难得多。

05. 悠久的放屁史

说起放屁，最具影响力的代表人物要算是祖大佑了，可能跟他的肥胖身体也有一定关系。但祖大佑现在已经本分多了，据说是他采取了消声处理，一般情况下只闻臭气，不见其声，通常弄得几个同学之间互相猜忌。

我进教室刚在自己的座位上坐下来，就有人指责起我来：“请你出去，别污染空气。”

我也感觉到了臭气，但我敢对天发誓，这事真不是我干的。我白了那位很不礼貌的同学一眼。

除了对面的男生对我表示不满外，竟然还有女生站起来声讨我：“还让不让人上课了，不如你出去，别搅得大家都上不好课。”

我还跳进黄河洗不清了，几乎所有的矛头都指向我。我压根儿没弄明白是怎么回事，这帮人为什么一口咬定这屁是我放的呢？我一转脸看见葛长征正对着我露出邪恶的笑，见我看他，又立刻装出一副很无辜的样子。这一定是一个阴谋。

徐莉莉也站起来反对我：“下一节课是英语，你让老师怎么给同学们上课？”

我咬牙切齿，却无计可施。祖大佑低着头，做出一副沉思状。此时此刻，他的神情怪异，难道这屁是他的？问题在我这里得不到解决后，所有人很快都把头转向祖大佑。祖大佑猛抬头，惊慌地站起身来。

“祖大佑，是不是你？”我厉声问。

祖大佑紧张地摇头。

案子还没断出来，上课的铃声已经响了。英语老师走进教室时，微微皱了一下眉。有人站起身来向英语老师报告：“老师，教室里有异味。”

不等英语老师说话，又有人站起来报告：“是祖同学和李同学放的屁。”

“你们吃什么了？要不，你们两个先出去一下，味儿太重了。”

尽管英语老师是心平气和地让我和祖大佑走出教室的，但我心里还是有些不痛快。祖大佑倒是心安理得，通过窗户认真听英语老师的课。

五分钟之后，那股浓烈的气味并没有因为我和祖大佑被隔离而消失。

又有人站起身来说：“这不像是屁的味道。”

一句话让众人笑出声来。

“像是死老鼠的臭气。”

课堂上顿时骚动起来，众人纷纷寻找死老鼠。每个人都查找了自己的抽屉，没有发现死老鼠。正当众人百思不得其解时，有人在我的位子上发出尖叫：“死老鼠在文具盒里。”

“快拿出去倒掉。”英语老师吩咐着。等发现死老鼠的同学把我的文具盒拿开时，她又问："是谁弄的？"

当然不会有人主动站出来承认。而我最直接的怀疑对象是葛长征，太卑鄙无耻！让人遗憾的是，英语老师没有把这件事上报校长，揪出作恶者。

英语老师的柔情似水惹得下面的同学们个个提不起精神来听课，这跟上一堂化学课形成鲜明对比。英语老师先是用黑板擦敲击讲桌，善意提醒："这是在上课，大家都提起精神来，别到时候又跟不上进度。"

英语老师此话一出，众同学嘴角流涎。到中午时分，课堂上又是鼾声一片。

"兄弟们，生命不息，鼾声不止啊！"葛长征站在讲桌前冲着下面大声说。

祖大佑翘起头来朝黑板上看了一眼，突然问我："今天星期几啊？"然后将快要溢出来的口水深深咽下去。

不知谁在教室外面喊了声："快点，校长在操场开高三师生鼓劲大会。"

众人闻听，极不情愿从睡意中艰难地挺起胸膛，纷纷打着哈欠往教室门外拥去。

"同学们，睁开你们的眼睛吧，擦掉你们嘴角的口水吧，时间不等人，请为你们含辛茹苦的父母想一想吧，为自己将来的命运想一想吧……"

中午的大太阳晒得众师生睁不开眼，葛长征像一个被从人民队伍里揪出来的汉奸，脑袋呈九十度弯曲。这是一个很好的教育时机，校长没有打算放过任何一个人。

“咱们的革命先烈连二万五千里长征都走下来了，还冒着枪林弹雨，让你们读个书算什么？这是小菜，是毛毛雨。你以为你们吃亏了，那么多人都在玩，让你们来读书！你们感到你们是在爬雪山过草地，以为没有你们地球就不转了，国家就灭亡了？我告诉你们，离了你们，地球照样转，国家照样发展，你们也不是在爬雪山过草地……机会有了，命运是掌握在你们自己手里的，如果不能好好把握，就只能惨遭淘汰。上课睡觉，就算你们不为国家，不为父母，不为列祖列宗着想，也得为自己以后的出路想想。读书比吃屎还难吗？如果你们面前一边是屎一边是书，你们选择吃屎还是读书……”

校长之所以这么说，那是因为那些事他都经历过，在他辉煌的一生中经历过无数的风暴，被吃屎和被抹屎，但这些对于我们这些学生来说太遥远了，我们也不可能想到在自己的面前会有一泡屎和两本书的并列摆放。

没有人再继续发笑，也并不是被校长的话语感动，只是被他愤怒的表情吓到了。

“你们扳着指头算算，还有多少天了？十年寒窗，还剩下多少日子？怎么就熬不过去？咱们奋战一百天，拿下这最后一座山头……”

散会时，葛长征像高粱地里的红高粱似的被从后面走上来的男生猛拍肩膀和脑门。我觉得这是报应，多行不义必自毙！

06. 敏感问题

某一天早晨，隔壁班的一个男生凑在昌荣的耳朵边悄声说，男人的蛋蛋是不是一男一女，孩子的性别跟精子从哪个蛋蛋出来有关。这个问题太严肃了，昌荣把这话告诉了班里的一个女生，这名女生感到前所未有的紧张以及人生观的颠覆。问题在女生中间传开，引起不小的震动。昌荣暗自得意，这帮女生其实都已经不小了，如果在我们祖母那个年代，早就该当孩子的妈了，只不过新社会不允许她们现在结婚生子而已。

昌荣提出的这个问题一定是这帮女生感兴趣的，会激发出她们丰富的想象。但就在这时，他接到一张纸条，上面写着：请问你是从你爸的哪个蛋蛋里出来的？昌荣的脸涨得通红。从字体看，很娟秀，像是出自女生之手。“谁这么无耻？”他吼叫起来。没有人站出来承认，但女生们却窃笑起来。他有些慌了，这帮女生要是联合起来，搞不好会把这件事捅到校长那里。这绝不是他希望看到的。

昌荣决定不再说话了，一副死猪不怕开水烫的样子，任凭这帮女生怎么羞辱，绝不昂首挺胸。

这种气氛一直蔓延至生物课上，有人站起来指责："这种问题是你这种年龄的人应该探讨的吗？你才多大啊，脑子里就有这种邪恶的想法，可悲。"非常时期，即使不被钉在本学校的耻辱柱上，受到点名也是一件很不光彩的事情。

昌荣低着头翻作业本，装作没听见。祖大佑将手伸进裤裆里，疑惑地说："我真没感觉到，这有科学依据吗？"

课堂上鸦雀无声，女生们继续保持着面部的严肃表情。生物老师没有把昌荣请出课堂已经算是对他法外开恩了，换作任何一个老师，哪怕最受同学们欢迎的清纯可人的英语老师，怕也难以做到这一点。

几乎所有女生都装出一副对上一堂课漠不关心的样子，但她们的内心并不平静。她们有意避开昌荣，那是因为他当着她们的面大胆地提到某个词。那个词代表的是一种羞耻，当然也代表着一种勇气。

昌荣提的那个问题使每一个人的心灵都受到震颤，课堂气氛变得十分怪异。

突然有人冒出一句："女人生出什么样的孩子并不取决于蛋，而取决于精子的染色体。"

生物老师握着粉笔的手正在黑板上像一只跳羚一样快速行进，似乎正被一只狮子追赶。她的手突然停下来，粉笔断成半截落在地上。她回过头来问："谁说话？"

昌荣将头转向附近的祖大佑。于是在他的带动下，所有人都将疑惑的目光投向祖大佑。

祖大佑有口难辩："不是我说的。"

但已经由不得他了，只听得生物老师严厉地冲他吼叫："请你出去，你不用上课了。"

下课后，祖大佑最后一个从教室里出来，裤裆被顶得老高，老远就看见那里不同凡响，像地壳运动之后突然漂至地中海的一块陆地，隆起一座旖旎的山峰。有些女生已经从厕所归来，迎面和祖大佑在走廊里相遇，女生的脸皮总是相对薄一些，猛然发现，目光躲闪着。往日见到老鼠都要尖叫出声的女生们此刻却没有发出任何异常的声音。那绝对是惊魂一现，祖大佑挺着一架机关枪在路口，女生们想绕都绕不过去，只得一个接一个地快速通过。

有人站在附近乐得嘴直抽，说："虚伪！多么美好的事物，为什么要把它想得那么龌龊呢？"

我也有些疑惑，这究竟是虚伪、胆怯还是罪恶？男生、女生们有些已经成年了，大部分都处在成年的边缘，等待着进入这个门槛。她们为什么看到有异于自身的某些事物会表现出紧张和惊慌？甚至觉得羞愧和可耻？

祖大佑一直是很诚实的，对校长很忠心，就像一个人的长相一样，这是爹妈给的，他无法改变。祖大佑生理上出现的小动作是他不愿意看到的，幸好有衣服挡着，如果生活在远古的草莽时代，岂不更遭那些妙龄女子的怨恨和嫌弃。我们能想到并化解的问题发生在祖大佑身上却总是捉襟见肘，成为难题。

上课铃声响起时，祖大佑最后一个慌慌张张地从厕所里赶回来，像是刚刚走完二万五千里长征似的，嘴里喘着粗气，这会儿他的身体已趋于平静，但他却永远都是那么颓废地出现在众人面前。

这节课是地理课，讲的是地壳板块运动。地理老师在黑板上写下这几个字时，突然提问："什么叫地壳板块运动？"有人回答："这个问题让祖同学来回答比较合适。"地理老师表示不理解："为什么是祖同学而不是你？"

人的身体就是一个小星球，地壳运动时有发生。关于此类，在本校曾风靡一时，传为佳话。每一次上地理课，同学们都希望在回答问题时能叫到祖大佑，而当祖大佑步履艰难地从座位上走出来时，几乎所有的女生都会把头低下，目光躲闪，尽可能地回避。

祖大佑那里似乎天生就与众不同，每每以横扫千军之势招摇过市，时时提醒众人：请回避！

07. 吃一堑，少一智

那年冬天，祖同学手握一面小圆镜，对着镜子拔胡须。天冷了，毛孔收缩得紧，每一下都十分痛苦，拔出一坨带血的肉来，龇牙咧嘴做狼嚎状。此时此刻，高三男生中除了少部分还保持着一张清纯的嘴，大部分都像兔子屁股似的起了一层绒毛。祖大佑已经正式刮起了胡须，每天天不亮，剃须刀的马达便发出嗞嗞的振动声，像一只被放大十倍的苍蝇在耳边来回窜。最终的结果是祖大佑被驱逐出寝室，以后他刮、拔胡须只能站在室外进行。

我虽然嘴上还没有像别的男生那样起一层浓密的胡须，但身体的另一处却长出一圈绒毛来，这让我感到十分惊诧。当我发现昌荣躲在后山用剃须刀刮掉那个地方长出来的毛发时，不安的心才有所平缓。其实自卑者并不只限于男生，女生中也大有人在。我突然发现某位女同学有了驼背，据说是因其前方发育超前，偷偷束缚并含胸所致。这个发现太具震撼力了。

相比之下，祖大佑的早晨时间最金贵，他要比别人多花五分钟刮胡须，他的屎尿也比别人多一倍。同学们一边忙着学习，一边忙着束胸、刮胡须和上厕所。与此同时，最要命的还是要提防校长那双老谋深算的眼睛以及那张气吞山河的嘴。

天越发凉了，那些高年级女生欲跟上外面的潮流，穿得少，缩着肩，胸越发地含蓄起来。有意无意中，那些排列不匀的小山包若隐若现间欲说还休。男生们个个血气方刚，但没坚持一会儿，也都瑟瑟缩缩起来，像做贼似的，如果正赶上老师提问，则个个像太监似的上牙打下牙，永远一副“吃一堑，少一智”的嘴脸。只有徐莉莉一本正经地坐在那里，当课堂上传来一片吸食鼻涕声时，她依然能做到稳如泰山。

下课铃声一响，众同学如潮水一般涌向室外，找可以晒太阳的地方去了。只有徐莉莉宁神静气地坐在座位上没动。她看见我，说：“你的作业呢？为什么不交给我？”我若有所思，或许她是受之于校长的威严，或是受之于我妈一把鼻涕一把泪的诉说，人情我领了，但真的不需要。

面对徐莉莉，我同样是孤傲的，我同样也不把她放在眼里。为此，我写起诗来。我的第一首诗《孤独的燕子》在女生中传阅，深受好评。我感到写诗不仅能使人变得高傲，还很孤独。徐莉莉经过时，有人故意说：“老李，你的诗是为谁而写呢？”为谁写也不会为徐莉莉写。

徐莉莉并没有因为我会写诗而改变对我的态度，依旧端着自己，继续对我表示不屑。

中午时分，祖大佑端着一盆热水进来，他是该洗洗他那张桌子了。祖大佑过来时，我避让，祖大佑也躲我，二人撞在了一起，一盆水结结实实地泼在徐莉莉的身上。我和祖大佑正要招架的时候，却发现徐莉莉脸色异样，她被烫着了。徐莉莉要脱衣服，祖大佑把守门口，我替她遮挡。她想支开我，说：“你的作业做了吗？”说实话，我并不想帮她，我只是出于人道才这么做的。她说：“你能学好，为什么不努力呢？”都这种时候了，她还不忘教训我。

徐莉莉从座位上站起身时，凳子上殷红一片。这时，那些在外面吸足了阳光，像鳄鱼一样正缓慢往回来的男生用奇异的目光打量着我和徐莉莉。我十分紧张，用身体护住凳子上的那片红。徐莉莉也发现了，吓得不知如何是好，要哭出来。我对着进门来的同学大喊一声：“都别进来，退出去。”我怒不可遏地虎视着已经进门的人。我无所畏惧地伸出臂膀，替徐莉莉遮挡。徐莉莉战战兢兢地将裤子穿好，试图冲出教室。我奋勇举起那只带血的板凳扛在肩上，紧随其后。那场面既悲愤，又壮观。

08. 备战

我最不能原谅自己的是我竟然在语文课上将“袒胸露背”念成了“袒胸露乳”。语文老师连拍黑板擦说：“同学，你长没长眼睛？”我真想找个地缝钻进去。还好，语文老师没有追究我。也许是临近高考了，大家都一门心思在备战，都不想在这种时候节外生枝。

葛长征放了一个闷屁，用手在下面使劲往一边扇，想栽赃陷害转移罪责，这是他的一贯作风，惯用伎俩。臭气渐渐扩散开来，前排女生回头愤怒地看了一眼葛长征。看来葛长征的栽赃并未成功。突然有人出声：“老李的屁。”我惊诧地看着葛长征，他的胆子越来越大了，竟敢明目张胆地栽赃。

我正要发作，徐莉莉回头看了我一眼。我犹豫了一下，只见葛长征冲我扮着鬼脸。徐莉莉问：“你的作业做好了吗？”我抬头看了一眼徐莉莉，没吭声。

“现在有人管着你，你以后要放乖一点，你现在是校长重点观察对象，别在这最后的节骨眼上被逐出师门。”葛长征属于典型的没事找抽型。

我猛地搬开桌子，跺上两脚。葛长征吓得身上的肥肉一颤，嘴里直嚷："你想杀人灭口吗？我还没发表言论的自由了吗？"

校长突然出现在教室门口。我立刻装作弯腰去捡地上的作业本。回转身却见葛长征坐在课桌上摇头晃脑，嘴里念着："李大诗人，有种再脱一次裤子，再逞一回真英雄……"猛抬头，看见校长正怒不可遏地看着他。

校长揪起葛长征的左耳，大声吼叫："高中三年，除了放屁、拉屎、偷红薯，你还会什么？"

包括徐莉莉在内，在座的所有男女同学都乐出声来。校长训斥完葛长征，仰着脖子匆匆离去。我回味着校长诅咒葛长征的话，觉得这几个词放在他身上再合适不过，正是他高中三年的生动写照。放屁、拉屎、偷红薯——写在了葛长征人生字典的首页里。恶有恶报！苍天有眼！

祖大佑在每年大考前都会隆重地祭奠祖宗，头磕得砰砰响，摩拳擦掌准备战死沙场。我妈买了几沓纸放在门前烧，一边烧一边口中念念有词："老祖宗们，回来吧，帮助你的孙子一路过关斩将，杀入北大清华……"

我妈说这话也不掂量掂量，就我这块料，要是能杀入北大清华，全天下的老祖宗怎么看我的老祖宗！连住我屋后的二大爷都看不下去了，说："哟，李家大秀才这是要进京赶考啊！多磕几个头，这阴间的官场可比阳间难打发多了，这纸钱准备的够吗？怎么着也得捎去百把个亿吧，如今这冥币贬值得厉害，不值钱了。那些恶鬼贪着呢，黑着呢，难打发。出手大方点……"

我们学校之所以在县里乃至省里都鼎鼎大名，那是因为有升学率做保证，在中国的名牌大学中，甚至在世界的著名学府中也不乏我们学校学子的身影。厉校长居功至伟，是徽州人民的骄傲。想当年我兵不血刃，一路过关斩将杀进这所名校，为的就是那名不虚传的升学率。如今，我的成绩并没有如我所预料的那样行情看涨。校长说："你们得忠实于国家的教育制度，做听话的孩子，现在你们必须再跨出这个门槛，才能拥有更多的机会和平台去展示人生的精彩。你们跨不出去，那将是一种悲哀。"

整整三年，我们在校长的口水中被锻造得刀枪不入，那么艰难的岁月我们都挺过来了。当年徐莉莉以全县第一的成绩进入富丽中学，一直以来，我都是带着欣赏的目光看她的，虽然我也很讨厌她，但这是两码事，她能在芸芸众生中一枝独秀，始终保持着自己的绝对优势，杀进杀出，保持不败战绩，这绝不是一般意义的花瓶。我和徐莉莉虽然没有多好的交情，但也曾两小无猜过，青梅竹马了很长一段时间。道不同不相为谋，我和徐莉莉的分道扬镳没那么简单。我不求上进是原因之一。她爸是当官的，家庭条件比我好，是原因之二。女生处在发育期，对异性会表现出疾恶如仇，尤其是对我这种不成器的男生，这是原因之三。那时候女生的世界观正在形成，世俗观念或许还没有占据她们的心灵，把未来想得过于完美无缺。确切地讲，是徐莉莉先不理我的，都说女孩到了发育期，心思会变得古怪而细密，让人难以琢磨。

校长让徐莉莉带大家一起复习功课。徐莉莉把问题写在黑板上，叫我起来回答。我很不情愿地站起身来。徐莉莉很生气，厉声说："你没听见吗？我叫你起来回答问题。"

"他在写情诗呢。"有人在一旁说。

有人附和："李大诗人，把你的情诗拿出来展示一下。"

“滚。”我低吼一声。

“你就是来混日子的。除了玩，你还能干什么？”徐莉莉很愤怒。

一时间，课堂上所有的男生都在起哄，有的甚至趁乱溜出教室，局势失去控制。

我一抬手，猛拍课桌，大吼一声：“都给我坐下，认真听讲，否则小心我不客气。”我看见葛长征还在那儿指手画脚，不由分说，我走过去一掌掴在他的左脸上。记忆中，这是葛长征第二次接受我的巴掌了。

葛长征冲我大吼：“你凭什么打人？”他撸起衣袖，要同我一决高下，一副“此仇不报，不共戴天”的架势，猛扑上来，要动用牙齿咬我，被我躲过。葛长征不服气，还想找我拼命，被几个男生拉了回去。

徐莉莉两眼含泪，气愤地站在黑板前面看着我们。

回想起当初那段青涩懵懂的岁月，虽然过去了很多年，心情却依然很惆怅。

09. 校长画像

疯传校园里有人给校长画像，用笔夸张。让人大跌眼镜的是，校长的画像竟然被人挂到女厕所附近，甚至被众人传阅、涂改。校长得知后十分恼火，决定追查这件事。那些天，我一直忧心忡忡，在男生寝室里走来走去。我总觉得这件事跟许莉坚有关，仗着她有钱的爹放任自己。如果真是她干的，谁也保不了她。这件事不是我干的，所以我不用担心他们会抓人抓到我的头上来。

葛长征、祖大佑无一幸免，首当其冲被拎着耳朵请进了校长室。这种时候，我绝对不会再出现在校长的眼皮底下，但又不能隐藏得太深，那样反而让人产生怀疑。校长此刻的心情应该是宁肯错杀一千，也不放过一个。我的心情很复杂，分寸很难把握，搞得我左也不是，右也不是，真担心校长突然在后面叫出我的名字。无论校长怎么审问，也没人肯站出来说出这件事究竟是谁干的，因为大家心里都清楚，一旦谁被咬出来，就意味着他将从此离开这所学校，他的名字将被永远地钉在富丽中学的耻辱柱上，陪伴着他凄苦漫长的一生。

突然有人站出来说这件事是许莉坚干的。尽管我早就想到，也还是有些吃惊，这是我不愿意看到的。许莉坚将作为丑陋的象征被永久地钉在富丽中学的耻辱柱上，这比五百年前孙猴子被压五指山的下场还要悲惨。许莉坚一脸委屈，说她的绘画成绩一直是不及格的，怎么可能画得那么逼真呢？或许许莉坚真的是被冤枉的，她也不知道那栩栩如生的校长画像是哪位身怀绝技的才子创作出来的。许莉坚这一回豁出去了，做了一回贞洁烈女，无论校长怎么逼问拷打，她都挺身高昂脖子，一副“砍头不要紧，只要主义真”的模样。

校长还在急急行走，希望有朝一日能找出真凶。其实我心里也十分清楚，这种事安放在谁的身上都不好受，这种羞辱是不可原谅的，尤其是发生在校长这样级别的人物身上，多少人掩藏在暗中伺机观望！我看见校长每天走在校园大道上那愤怒加无助的神情很同情。我因此改变了许多过去对校长的看法，觉得他也不容易，甚至认为他也是个好人。我开始原谅他过去对这所学校所犯下的一切错误，包括他针对某一个学生所发表的措辞带有极端辱骂性的言论。校长虽然面目凶恶，但他的初衷是好的，如果不是他心慈手软，我想很多学生大概都卷起铺盖被撵回家了。我也不会在这所学校里待到今天。

天上闷雷滚滚，校长一副狗急跳墙的模样行走在校园大道上。这雷究竟要劈谁，似乎因果报应即刻就要显现。没有人敢出大气，不安地等待着命运最后的裁决。事情的发展出人意料，葛长征意外地被揪了出来。最解气的当数许莉坚，她狠狠地将一口恶痰吐在地上，新仇旧恨交织在脑门上，一副打死人不偿命的架势，一脚踢在正路过的隔壁班杨同学屁股上。杨同学惊恐万状地回过头来看着许莉坚，好男不跟女斗，杨同学忍了。

但让人感到惊奇的是，葛长征被抓住后，校长依旧一副气吞山河加鬼子进村的嘴脸，脑门上的青筋绷起二寸高，让人看得十分费解。校长急急行走，风吹着他那颗高高在上的头颅，像是要把它吹掉下来。校长头上顶着几缕白丝，乍看上去像落着一层薄薄的雪，像一座山提前进入了冬季。校长突然站住，眼观六路、耳听八方的他皱了皱眉，用鼻子嗅了起来。他的目光突然落在我的身上，我紧张地看着他，与此同时眼里流露出无辜的表情。“什么时候了，你在干什么，让你读书比让你吃屎还难吗？”一场虚惊。这话在今天听起来是多么温暖顺耳，充满了正义感。

葛长征并没有被游校示众，而是被直接开除。葛长征被开除那天，他老娘还来学校找过校长。校长装作公务繁忙要紧急离开的样子，葛长征的母亲穷追不舍，一直追出校大门。看到葛长征的母亲一副紧张辛酸的神情紧跟在校长屁股后面，我几乎要落下泪来……

10. 读书比吃屎还难吗？

某年某月的某天，校长扯着脖子站在两棵树中间发愣，突然有人尖叫：“大事不好，出人命了！”人们怀着复杂的心情追赶过来，却发现根本就不是那么回事儿，校长一贯高昂着头，静止时不留神会以为有根绳子从天而降套着他的脖子。后来听人议论过，校长之所以长年累月这么执拗地伸着脖子、端着头颅，不是在学革命先烈、英雄义士，而是得了一种怪病。其实也不算多怪，只不过在他高昂的斗志下显得怪罢了。据说是颈椎出了毛病，这病是早年间落下的。

还没进入冬天，校长就已经在脖子上勒了根脖套，让人诧异的是，他脖子上那套儿竟和他们家阿黄一模一样，校长刚毅的外表之下竟然掩藏着如此动人的仁爱之心。校长其实并不爱养宠物，养狗是因为那些暗中在校园内拉屎的人，阿黄吃屎是一把好手。校长常挂在嘴边的“让你读书比吃屎还难吗？”是有出处的，跟他的亲身经历有关，更与富丽中学密不可分。跟校长刚毅的脖子形成鲜明对比的是他显得单薄的身子，在清晨或黄昏，若有风吹来，这身子便像僵尸一般摆动。

一场风波终于过去，校园内的气氛沉寂下来。校长牵着他的阿黄在校园大道上行走，每一个从他面前经过的人的面部表情都十分严肃。风从前方刮过来，每个毛孔都能感受到，被这种凉意充盈，身体也随之鼓鼓囊囊起来。一场风波并不能给这所学校带来什么改变。

我们迎来了又一次考试。我没有感到蜕去身上死皮的快乐，而是感到那身皮越绷越紧，牢牢地将我捆绑在里面。考前，校长必定发表个人演说："每天，当太阳升起来的时候，非洲大草原上的动物们就开始奔跑了。你们是奔跑着的羚羊。孩子，你们必须跑得快一点，再快一点，如果你不能比跑得最快的狮子还要快，就肯定会被它们吃掉。记住你跑得快，别人跑得更快。"

校长没有像前几次那样捶胸顿足，反而让我感觉不寻常。对于那些即将被狮子吞噬的人，他表现出无能为力。生存的法则或许就要淋漓尽致地在我们身上得到显现。谁将被沉下去，谁又将被露出来，已经越来越明显了。我很害怕这次考试，甚至想半路逃跑，让校长设计的这个局落空，让我的位置上永远都空着一枚棋子，让自己这一生都是一个谜，没人知道我去了哪里。

考试的前一天，我跑回家去帮我妈买菜，帮家里打扫卫生，以减轻内心的愧疚和负罪感。我妈不明白我的用意，我不会告诉她。我不停地捧着书本进行恶补。其实不只有一头狮子在不远处观望着我，还有校长的狗头铡、我妈的铁铲，未来的九九八十一难，我会在哪一个关口万劫不复？

但事实情况却并非如此，两天之后，成绩出来，我的各科成绩竟然都有不同程度的提高。老天开眼，祖坟发热，张着大嘴的狮子还不能一口将我活吞下去。我的焦虑和担忧显得有些多余，我能感觉到它们像小鹿一样从我身上纷纷逃走，它们才应该被狮子吃掉。我站在走道里，有同学走上前拍我的肩："李大诗人，可以啊。"我保持着应有的镇定，不以为然。我应该把持住，努力地蹚过校长的狗头铡和我妈的铁铲，并勇敢地冲出狮群。我的嘴角流露出一丝得意的笑。

我抬起头，看着化学老师从办公室里出来。她将头发染成金黄色，披在肩上，感觉就像是西游记里的孙猴子。我咳嗽了一下，她毫无反应。那些男生像斑马一样走来走去，在荒漠上寻找绿洲，他们离成为狮子的日子还十分遥远，或许那仅仅是一个梦想而已，横在他们面前的就有一条凶险的河流。那些女生像鸟类，她们想找到她们梦寐以求的枝头栖息，她们想飞起来，如果飞不起来，她们很快就会成为另一些女人。

我有些犯困，趴在课桌上，突然有人说："孙猴子来了。"孙猴子是男生给化学老师取的外号。不光化学老师，几乎学校里的所有老师都有自己的外号。校长叫欧阳疯，生物老师叫"北京人"，历史老师叫亚力山大……应有尽有。

化学老师走到我的面前停住，带来一股风。她身上有一股特别的味道，或许是岁月的气息吧。那些逝去的美好，再也无力挽回……

奋斗吧，愛情

11. 那些年的“偷窥”

喜欢一个人，她就来到你的面前，有时候感觉是天意。

一天傍晚，越越快速奔跑，我从一侧走出来，她那柔弱娇羞的身子结结实实地撞上我，迸发出一声细柔的喘息。是她撞的我，这不能怪我。她蹲下身，低着头。我说：“同学，不好意思。”她没反应。

这件事，我真的不是有意的。为此，我去找过越越，希望能得到她的原谅。我不知道如果换成男生我会不会也这样去做。我去找了她两次，她站在室外，咯咯笑，说她没见过像我这么认真的人，为什么总要来道歉。我说的也直接，说我占她便宜了。她更笑，说：“你是色狼吗？”我不知道，一脸茫然。

我很单纯，那时候不知道是不是喜欢越越。我经常遇见她，离得不远，她总会将头转过来看我，然后用力推一旁的另一位女生。

我当初念的那所学校是一所师范学校，后来更名为师范大学。我刚到学校那会儿，父亲给我买了一件西服，穿在身上，有些瘦弱的我怎么也撑不起来那件衣服。那时都赶新潮，只想着好看，却并不管合不合适。越越穿什么都好看，穿中山装时上面的一颗纽扣故意解开，胸脯挺挺的，让人忍不住朝上面多看一眼。

可能是因为离开了家，生活在另一座城市，心里不免产生一些孤独感。我开始迷恋写诗，我没想到自己骨子里会是一位诗人。学校里有一个诗社，创办了一份刊物叫《青春》。我将我写的诗拿到《青春》上去发表，没想到引起轰动。我走在路上，谁都会扭过头看我一眼，我在心里也觉得自己很了不起，但表面上从不显露。有女生想接近我，却怕我不理她们。

除了写诗，就是几个男生在一起猜测谁又在跟谁谈恋爱，过一阵子如果没分开，就开始猜他们进展到什么程度，牵手、亲吻……同寝室的伍一憔特别迷恋音乐系的一个女生，直言那女生有一对迷人的乳房，我十分惊诧他言辞的赤裸和大胆。跟那些男生比，我显得规矩得多，但我也希望女生从一堆男生面前飘过时注意到我。我穿着父亲给我买的西服，努力地从里面伸出头和手来，不想被衣服灭了。

女生寝室和男生寝室中间有隔离带，伍一憔站在窗户前用自制的望远镜朝女生寝室里看。有一次他拿来让我看，能看见女生在寝室里走动，看见女生洗脸、刷牙。看女生的最佳时机是早晚，那时女生的衣服穿得最少，看到身体的部位最多。有时看着看着，就会起生理反应。正赶着吃饭，又不能走动，只能躲在寝室里待其慢慢平静再慌慌张张去打最后一碗。如果时机赶得好，甚至还有幸看到美女白生生的奶子，就有人惊呼那是谁的乳房。他们已经变得相当大胆和下流了。

男生们会抢着看，之后议论谁的乳房最坚挺，回头看见我站在后面，就讽刺我假正经。他们越来越过分了。

女生们并不知道男生背地里所干的勾当，她们只在更衣的时候才将门掩上，绝不会想到在洗脸刷牙的时候也会受到目光威胁。那帮男生将他们看到的女生全都打上生理标记：赵飞月性感、孙叶叶甜美、宋芊古典、越越简单……

12. 从天而降的美女

那时候，每个男生的荷尔蒙都很旺盛，偷窥女生是常有的事。女生们就像非洲草原上的跳羚，总会有下河和上岸的时候。

学校广场有几棵梧桐树，据说几年前这里曾发生过一个凄美动人的故事：一位女生爱上一位男生，后来不知道什么原因，那位女生在这棵树下为那位男生殉情了。短短几年时间，故事已经传得相当模糊了，但人们还打算将这个故事传下去，直到传说中已经不是那女生爱那男生了，也许是一只鹿与一匹马，谁知道呢？

越越托人送来她写的小说让我看，她在小说里夹了一张纸条，要我读完给她提意见。我读完她的小说后去见她，我难得去一趟女生寝室。女生寝室不断有人进出，我站在门口犹豫不决，不知道该不该进去。越越从里面走出来，我什么也没说，把她的小说还给她就走了。

后来，越越又托人递来纸条，约我和她见面，理由是她想向我请教文学知识。地点是她定的，她提前赶到，等待我的到来。我出现时，她扑哧一笑，说："你怎么不来找我了？"我为什么要去找她呢？她的问题让我感到奇怪。

“听说你们男生中有色狼，你是吗？”她这是第二次问了，好像特别在意。我确实偷看过女生，那天在食堂，一位女生弯腰拾物品……而且不止一眼。我说：“嗯。”

“偷窥？”

“嗯。”

“看哪儿？”她似乎很感兴趣。

我有些慌了，没想到她会追着不放。

她没有因为我的回答而生气，反倒是咯咯笑个不止。

我不知道她到底想怎么样，该说的我都说了，她不是我喜欢的女孩，随她怎么看我。我准备转身离开，她却喊了一声：“站住！”我说：“我不想跟你说话了。”

“但我想跟你说话。看你还算老实，你偷看女生这件事，我会替你保密的。”

我觉得她太拿自己当回事了，偷不偷看女生跟她有什么关系呢！她管得真宽。

自从那次跟越越见面之后，我已经将她拉黑了。她大概也不会对我存有什么好感。伍一樵却对越越表现出浓厚的兴趣，不知从哪里弄了一张越越的照片放在自己的床头上，每天睡前都必定欣赏一番。夜深人静的时候，甚至能听见他急促的喘气声和床板振动的声音。伍一樵要求我帮他追越越，“呸”，绝不可能。

越越再一次来找我，在光天化日之下当着众人径直走向我，她找我的理由是借书。我正考虑要不要借给她时，伍一樵一把将我的书抢过去，向越越大献殷勤。越越见此情景，突然说她不借书了，然后对着我说：“我可以请你去散步吗？”

此情此景，或许是因为伍一樵的介入。我爽快地答应了越越的请求。我们围绕校园转了一圈，天渐渐黑下来。在一个没人的角落，越越突然落在后面不走了。其实我挺害怕这种情景的，尽管在此之前我曾多次憧憬搂住她的细腰，猛烈地亲吻她的双唇，但当这一时刻真的到来时，我却茫然无措。

我趁着越越弯腰系鞋带时走到她身边，我不知道应该怎样站位，憋了好一会儿。她起身，一脸的茫然，问："你怎么啦？"

我一脸的尴尬加迷茫。

越越每次在路上看见我，都有意堵着我。因此，很多人都以为我跟她的关系不一般。有一天傍晚，她堵着我问："你喜欢我吗？"我的回答是"不知道"。但我绝没有想到白天的时候她会当着众人问我喜不喜欢她。我不知所措。

越越大胆对我表白，引起伍一樵的忌妒，扬言要跟我决斗。我觉得无聊，懒得答理他。他又说要在我的杯子里下药，毒死我。我非常担心，我可不想就这么死去，我得提防他。每天，我都要将杯子洗过几遍才倒水喝。每次睡觉的时候都会掀开被子仔细检查一番，也许里面藏着蜈蚣和毒蛇什么的。伍一樵还故意把他要谋害我的消息散布出去。

越越义愤填膺，跑到男生寝室来找伍一樵理论。伍一樵的条件是只要越越不拒绝他，和他见面，他就不会加害我。为了我，越越被迫答应了伍一樵提出的条件。她同时也表示：见面可以，但绝不会跟他谈恋爱。越越有自己的办法，面对伍一樵这种人，她是绝不会牺牲色相的，她只是还没有想到更好的办法对付他而已。

13. 吃醋的至高境界

伍一憔情景再现地描述了越越请他吃饭，与他一起约会的情景。他表示对越越很有信心，一定会俘获她的芳心，让她投怀送抱。“摸自己喜欢的女孩的手，有一种怦然心动的感觉。”他将床头越越的照片拿在手里反复欣赏，并自言自语：“心肝，宝贝，你让我怎么能睡得着。”

那一天，伍一憔出门，说去会越越。出门前，他特意拔了胡须，又细心整理了自己的发型。我竟然鬼使神差地跟了出去。在校园附近的一家酒吧外面，伍一憔停下来，从口袋里掏出随身带的小圆镜，又整理了一下发型。为了避免让他看见我，我往后退，找了一个障碍物藏了起来。

一会儿，越越出现了，我心里咯噔一下。我看见伍一憔迎着越越走过来，一脸的坏笑，说：“时间不多不少，刚刚好。”我很愤怒，不打算再跟踪下去了，不想浪费时间，不想看见他们狼狈为奸的无耻小人模样。

之后，伍一憔将他与越越会面的情景绘声绘色地描述给我听。他是成心的，我越痛苦，他就越得意。但他错了，对越越，我并没有付出感情，而且我相信她也不是我这辈子想要娶的女人。他尽管显摆，我不以为然。“追女人，要快刀斩乱麻，能摸胸绝不摸手。”看样子，他们好像有了非凡的进展。但这不是我关心的。我说：“你的样子很无耻，你是不配被女人喜欢的，除非这个女人跟你一样垃圾。”

伍一憔不会被我的言语激怒，现在正是他得意的时候。他说：“你不怕我把你的话带给越越吗？”没有得到我的回应，他继续说：“我要谢谢你成全我们。没想到我编了一个要谋害你的瞎话，竟然就逼迫美女跟我交往。等我们事成之后，我请你吃饭。”

这对狗男女迟早有一天会遭报应的。关于他们，能有多恶毒，我就想多恶毒。我对他们之间的事一点也不感兴趣，不希望听到这方面的内容。我说：“能让我的耳朵清静一下吗？爷爷我一点也不感兴趣，也没时间听。”

伍一憔嘎嘎笑着，很邪恶。伍一憔走到我的面前，拍我的肩说：“老李，别难过了，天涯何处无芳草，以后哥们儿帮你找。”

那天，在路上，越越突然跑到我的面前，伸开双臂拦住我。我冷冷地看了她一眼，一副很嫌弃的神情。我推开她，向前走了。她没明白是怎么回事，追上来，再次拦住我，问：“怎么了，几天不见，看见我就跟没看见似的？”她一脸的疑惑。我从牙缝里挤出两个字：“无耻！”

“为什么说我无耻？”越越更加不解，“我犯什么法了，你为什么要这样说我？”她不依不饶，不肯放我走。她抓住我的衣服，怕我逃掉。我恶狠狠地说：“放开！”她被迫松开手，但仍想知道我为什么这样对她：“你能解释一下你今天的行为吗？”我说：“请你自重，别当着别人拉拉扯扯，我可不想让别人说闲话。”越越站住了，眼里流露出的是疑惑，是悲伤。

自作孽不可活，我瞧不起这种表里不一的女人，表面一套，背地又是一套。

好多天，我没有再看见越越。我已经不再去想那件事了。伍一憔依旧鬼鬼祟祟地出门，永远一副欠抽的嘴脸。伍一憔忙碌起来，将望远镜丢在一旁，看起来很邪恶。“异性是这个世界最美丽的一种动物，白白浪费是一种犯罪。光阴多情，少男少女会怀春。”伍一憔的话不管有没有道理，我都觉得恶心。

那天，我看见越越独自一人在广场上，伍一憔鬼一样地向她靠拢过去。越越猛然发现鬼鬼祟祟的伍一憔，立刻走开。伍一憔穷追不舍，越越大叫起来：“抓流氓啊！”我很奇怪，这难道就是伍一憔每次描述给我听、向我显摆的他与越越之间的浪漫爱情？伍一憔使诈，这一切都是他自导自演的，他故意将自己出门见越越弄得大张旗鼓，让所有人都知道这件事。他和越越见面的内容大多都是他虚构出来的小说。越越这块堡垒绝非等闲，并不是谁都可以拿得下的。

我错怪了越越，我说她“男盗女娼、一对狗男女”，太恶毒了。我想是自己太幼稚了，缺乏明辨是非的眼睛。我很想有个机会当面向越越道歉，但试了几次，终究没有那个勇气。

伍一憔做贼心虚，也大概是我脸上流露出对他的不屑，他怀疑我已经知道了他的底细，没有以前那么自信了，也不再把每次出去“和越越在一起”的事情绘声绘色地描述出来。他甚至又开始重操旧业，将自制的望远镜拿在手里朝对面观望。

我去了图书馆。图书馆是制造浪漫的好场所，说不定能拥有一段美丽的邂逅呢！我去图书馆的目的是为了见越越。越越也去了，但她对我并没有像以往那样表现出热情，只是简单地问了一声："等人呢？"我向她道歉："对不起，上次……"

"没事，我想开了。"

她的话让我心里产生一丝失落。

我说："上回，我是听了伍一憔的话，所以才……"

"他说什么了？"

"他说你跟他……"

"嗯，我大概已经知道了。"

看来是我小人了。我心里的一块石头彻底放下了，该发生的和不该发生的其实并没有那么重要，是我们太看重某些事情了……

14. 你们真的很无聊

关于“处女”，一帮无聊的男生争得屁滚尿流。他们会就某一个女生反复讨论，张飞月不是，没有人表示反对和怀疑。越越是不是？关于这个问题，是有人打赌的，老姚认为是，伍一憔认为不是，二人杠上了，谁输谁请客。在多人的见证下，他们最后将目光投向我，希望由我去寻找答案。老姚看着我：“老李，去把这个问题弄清楚，证明我是对的。”至于吗？无聊透顶！我很不屑，但这顿饭对于我来说还是很具诱惑力的。

接下来的两天，老姚接二连三地来问我，以至于我见着他就跑。这确实难以启齿，就目前越越对我的这种态度，我突然冒出这么一句来，谁也不知道下一秒会发生什么。在没有见到越越之前，我一个人行走在路上时设想过若干种可能，比方我可以向她打听别的女同学的情况，旁敲侧击，获取答案。

我正式出马时，老姚等人要跟在我的身后，说是暗中保护我。我觉得夸张了，他们跟着只会坏事，而且这会影响我的发挥。我拒绝他们随往，让他们原地等候消息。

对于越越，我是有信心的。我很赞成老姚的一个观点，越越虽然张牙舞爪，但没有“油”，仍然有一种不谙世事的质朴美。伍一樵认为两情相悦时有性是自然而然的事情，与品德无关，越越被男生追过，谈过恋爱，而且喜欢在外面游走，所以发生这种事情并不稀奇。

我没有去图书馆，越越也并非每日都去那里。我猜她这时在寝室里，我去往那里。果然，我等了不一会儿，越越就从寝室里出来，猛看见我，有些意外，问：“你是来找我的吗？”我用力点头：“就是来找你的。”她笑了，说：“你好像有事情？”

“有事。”我回答。

“有事求我？”越越通过我的神态一下就猜出来了。

“我有一个问题想问你。”

“问吧。”

“你是处女吗？”我没想到一见面就将这个问题问了出来，前面大量的准备工作都白费了，那些绝妙的铺垫都没有用上。我有些懊恼，问出这一句时有些紧张。

令我没有想到的是，越越并没有生气，只是有些不适应。但很快，她调整了过来，用异样的目光打量我：“问这干吗？你很在乎吗？你只跟处女谈恋爱？”

她的问题我无法回答，因为我还没有想过这个问题。

她说：“你让我很失望，你跟别的男生没有区别。”

我的心咯噔一下，看来她不会给我这个答案了。看着越越离去的背影，我很惆怅。

对于越越，我又犯下一个错，这其实就是一个陷阱，我想我此时在她的心中已经无法被原谅。或许得不到才会觉得珍贵，当越越没有像之前那么主动找我时，我竟有几分失落。

我无功而返，老姚想亲自去问答案。就凭他，去了也是白去，会死得更难看，越越绝不会手下留情。不过他皮厚，经受得住。

老姚扑空了，没有找到越越。谢天谢地，大难不死，他躲过一劫。

我以为这件事就这么过去了，我和越越从此分道扬镳，再也不会有任何瓜葛。但越越却在我最意想不到的时候出现在我面前，拦住我的去路。她见面就说："你不是想知道答案吗？我现在就可以告诉你。"我被镇住了，没想到她是特意来告诉我这件事的。我连忙摇头，现在我已经不想知道这个答案了，真的，它不重要。

"你真的不想知道？这对你不重要吗？"

她越是这样说，我越是觉得她在讽刺和挖苦我。我很窘迫，不知道如何向她解释，向她证明我的清白。我显得比以往任何时候都老实巴交，像一个犯了错误的小学生一样，一句话也说不上来。我们僵持了一会儿，气氛有些尴尬。见此情景，她说："那我走了。"

"我能和你一起走吗？"我趁她转身之际，匆忙说出这句话。

我和越越重归于好，这是值得庆祝的事情。我和越越和好，最痛苦的人是伍一憔，他彻底绝望了。但他们打的赌还在，老姚希望我在方便的时候把答案要回来。但我不会那么鲁莽了，如果他们有耐心，可以等，我不想在我和越越交往的时候心里想着这个问题，那是对她的不尊重。

和女孩交往对于我来说并不那么容易。我跟越越之间，无论何时，无论多久，似乎总停留在拉手的阶段，或许是时间还没到吧。很多时候，我们走了很久，巷子里一个人都没有了，彼此近在咫尺，我们都在等待这一“神圣”时刻的到来，都在热切期盼，局促而紧张。我第一次摸女人是在我读大二的下半年，那天夜里，我们又走了很久，一直在酝酿，直到前面没有路了。我的手紧张地伸过去，落在她的胸前，她没有动。我感觉到她也很紧张，我两眼一闭，手顺着她的衣领伸进去。她有些羞涩地问：“大吗？”我回：“比我的大。”她咯咯笑，说：“我摸摸看。”

男人和女人在一起是多么奇妙的一件事情！那是我一生中经历的最美妙的时刻，终生难忘。

她说：“你摸过我的手以后就不能再摸别的女人了。”

我说：“那你也不能再让别人摸了。”

那天的最后，她突然问：“你们是不是打赌了？”

她连这也猜到了。不管她是不是真心想告诉我，不管是不是陷阱，我都坚定地摇头，吃一堑，长一智，我不可能在同一个问题上栽两次跟头，很难说她不是在考验我。

“你打算一直让他们等下去吗？”

“他们很无聊，他们想知道就一直等下去吧，总有一天，我会告诉他们的。”

越越用力拍打我，说没想到我这么坏，骨子里肯定不是什么好东西，以后得防着我。

15. 来之不易的安定局面

伍一憔弄了一个影碟机在寝室放黄片，看得投入了连教室都没办法去，甚至连直立行走都困难。碟片的效果非常灵验，但每个人的反应是不一样的，我和老姚尤其严重。这种时候最怕遇见熟人搭讪，十分狼狈。

我这时候还多了一分担忧，怕遇见越越，她可不是一两句话就能打发走的，极有可能没完没了，甚至发现异常还要上下左右打探一番，检查一番。

伍一憔的碟片时时播放，同居一室，即使有心拒绝，也无法躲避，深受其害却无力自拔。越越每次来，我都很紧张，一有人敲门，我立刻吩咐关掉影碟机。越越来时，里面的人个个表情怪异，坐在各自的位置上摆出各种造型。越越问：“你们都中邪了吗？”她是来找我的，但我却无法跟她一道出门。我得找出各种不出门的理由，生各种“病”。但不是每一个理由她都会买账。她大概已经看出破绽来了，问：“你是不是有事瞒着我？”

“没有。”我坚定地回答。

这时候几乎所有人都不希望我在寝室里待下去。我极不自然地起身手伸进裤兜，略曲着背向前走。越越十分不解我的新姿势，疑惑地问：“出什么妖蛾子了？路都不会走了吗？”

“胃不舒服，拉肚子。”我做出解释。

“你这肚子拉得够长的，还没见好？”显然，我的回答不能令她满意。

她冷不丁走到我的一侧，挽住我的胳膊，轻轻用力时，状况发生了。她侧过身，冲我挥了挥手，我当然明白，赶紧恢复原状。在路上，她不说话，我也不说话，气氛有些尴尬。但没坚持一会儿，她突然扑哧一声笑了，说：“真有你的。你们是不是在看那种片子？”

我老实交代：“是在看，但……”

“我知道不是你放的，但那也得收敛。看你都成啥了？瞧你那没出息的样子！”越越没有因此而处罚我，让我受宠若惊。尽管如此，越越却嘴不饶人：“我就觉得你是个流氓。我为什么要跟一个流氓在一起呢？”

我不承认她的这种说法，但我不做辩解。不是什么事情都需要去辩解的。作为男人尤其如此。我的这一点或许也是越越认可的。

这应该算是大学生活里的一个小插曲。我和越越之间并没有因为这个插曲而产生不和谐。我甚至感觉因为我在这件事上的坦诚表现使我们之间的亲密感又向前迈进了一步。

孤男寡女在一起，就像干柴烈火，熊熊燃烧，需要极力克制。跟越越在一起，她不失时机地给予我一些福利，算是奖励。但她会及时将我的手打掉，以避免事态的进一步发展，最终无法收场。当然，这种小奖励也不是白给的，我不能跟那帮人同流合污，不能让她失望，必须谨记。

和我相比，其他人可没那么幸运，在肉体和灵魂的双重夹击下发出痛苦的呻吟。他们甚至连女人的手都没摸过，更别说别的了。谈一场轰轰烈烈的恋爱对于他们来说是一件多么奢侈的事情！可惜，我帮不了他们，我如果是孙悟空，一定拔出毫毛替他们变出一堆来。

我是不建议越越往男生寝室跑的，那会带来很多不必要的困扰。一群如饥似渴的男人正想入非非，突然闯进来一位美女，无异于羊入虎口，焦点立刻转移，若干双猥琐的眼睛围绕着她。这个时候，我赶紧站出来，保护起越越，阻止他们不怀好意的目光。我曾让越越帮忙给他们介绍女朋友，但他们逃课、看黄片，不求上进，看起来很难。我鼓励他们主动出击，大胆追求。事实上，他们比我设想的大胆和无畏。悲哀！

我和越越达到从未有过的安定团结。由此，我也明白一个道理，人生中总有许多问题和困难，但并不是每一次困难都真的会成为困难，有些困难是可以转化为正能量的，甚至能收到意想不到的可喜效果。

16. 爱情的奋斗者

二十出头正是思春的年龄，不论男女，心中都有一只猫爪在挠。

张飞月因为长相、气质俱佳，不乏追求者。她也绝不止交往一个男朋友。伍一憔有一个理论，女人只有在男人的圈子里待着，在异性的诱导下，雌性体才会绽放，才会妩媚迷人，女人的优劣取决于环境。张飞月似乎正如伍一憔所说，受到这种环境的熏陶，越发丰盈挺拔。伍一憔断言：“这女人肯定不止和一个男人睡过。”这是共识。尽管如此，她身后不计后果的追随者仍然前赴后继。

令人匪夷所思的是，相貌和气质都严重不足的老姚竟然也加入其中。我替他父母感到难过，他这是在找死。老姚曾经唾弃过张飞月，但终究还是抵不过美色的引诱。和我一起结伴的那帮男生中，几乎没有对张飞月不感兴趣的，美色当前纷纷沉沦。当然，对于老姚来说，张飞月是理想，可望而不可即。老姚深知凭借他的身家性命是无法打动美人芳心的，经过几轮轰炸无果之后，老姚鸣金收兵了，决定下辈子重新投胎做人，再去追张飞月这样的女人。

老姚每年都有自己的新目标，他要谈一场轰轰烈烈的恋爱，要爱得死去活来。这是他的理想，他要去实现，否则就白白浪费了这四年大好时光。老姚看上了建筑系的一位学妹，粉嫩得能掐出水来。在我看来，这个标准依然很高，困难重重。有了目标，老姚就像一位辛勤耕耘的农夫，早出晚归，不停付出。我没有劝说老姚，人可以站着死，但不能跪着生。不过老姚不是，他可以跪着生，也可以跪着死，只要是为了爱情。

大学四年，被老姚喜欢过的女孩无法计数，但可悲的是，他连姑娘的手都没摸过。建筑系那位学妹被他盯上后，给予他的时间已经不多了，如果他不能拿下的话，可能就没有机会了。我也替他着急，一段感情要发展并保留下来需要时间，不太容易。我问他：“你准备用多少天赢得姑娘的芳心？”老姚心里没底，但每次都表现得信心十足：“七天。”通常，老姚有了目标后，都会先拟订一个计划表，但计划永远赶不上变化，两个月，他还没摸到姑娘的手，姑娘就已经被别的男人牵走了。为此，老姚会伤心好一阵子，但他会擦干眼泪重新出发。

在此之前，老姚总是单独行动。据说，他总是尾随，寻找机会。他因为用这种方式追求女孩，还被人当作歹徒报了警，被警察抓。我说：“老姚，直截了当一点，喜欢谁，走过去，表达出来，行就行，不行拉倒。”我这么劝老姚，是因为不希望他那么吃苦，甚至由于不被理解换来牢狱之灾。我说的这种方式老姚不是没试过，他当众拦路，说他喜欢对方，结果被别的男生一顿暴揍。别人都是信手拈来，轻轻松松地获取姑娘芳心，但到了老姚这里却屡遭重创。继续跟踪尾随是迫不得已，没有其他更好的方法了。

老姚想最后再搏一把，然后脱胎换骨重新做人。这一次能不能成功，我不知道，但再多一次失败又有何妨！按理说追女孩谈恋爱这种事是不需要人跟着的，否则反而无法施展拳脚。爱情路上，相互吸引才能产生动力，这也是产生浓情蜜意的前提。在老姚的身上，我没有发现能够吸引女孩的地方，这其实是他屡次失败的根源。跟女孩交往，老姚几乎无法拢身，只能远观，这是一道非常奇特和稀有的景观。

老姚是不愿意我陪着的，原因很简单，因为他的个人形象等问题，担心我抢了他的风头。在这个世上不抢他风头的大概只有他的父母了，这是硬伤。出门之前，老姚灵机一动，从床头柜里摸出一瓶墨水，说："老李，扮上吧。"

"怎么扮？"我十分诧异。老姚不答话，又找来毛笔，蘸了墨水，拿到我面前。我很无奈，但看到老姚悲伤的表情，我心软下来。我自己下不去手，老姚画的。画完，对着镜子看，脸上一左一右两块特大的胎记，其中一块覆盖在左眼上，奇丑无比。但这还不算完，老姚竟然又找出一套我从未见过的衣服，要给我套上。我惊问："你确定这衣服不是从墓地里取来的吗？"老姚说："美的你，那是文物，你想穿也穿不了。我从老家带来的，就是为今天准备的。"他真是有心。为了成全老姚，我豁出去了。

找学妹很简单，老姚已经轻车熟路。仍然是跟踪，像地下工作者一样。跟了一半，我突然想：为什么不带上越越呢，有她的介入，穿针引线，用得着这么辛苦吗？谈个恋爱弄得跟做贼似的！当然，我其实比老姚也好不了多少，各种接头暗号、哑语都用过，在爱情的路上从来都是血风苦雨伴随荆棘与坎坷。我正想着，那位粉嫩的学妹突然不走了，左顾右盼，当阑珊的灯火从上至下打在姑娘的身上时，说实话，我已经严重信心不足，心里开始打退堂鼓了。我偷偷观瞧老姚，他两眼迷离，灼灼放光。我心想完蛋了。

年轻帅气的小伙来到姑娘面前，不由分说，挽起姑娘的手往前走去。老姚急了，大喊一声："珊珊，你不要走。"被声音惊动的姑娘回头看着老姚，还好这一次老姚被认出来了。"老姚，是你呀，又带什么好吃的给我呀？"姑娘的声音甜美酥脆。老姚手里捧着一包东西，小跑过去。面对姑娘，老姚打开油纸包："你最爱吃的鸡腿。"姑娘伸手取出一块，说："你留着自己吃吧，我吃一块就够了。"老姚依旧要整包送给姑娘，说："都带上吧。"姑娘推托不掉，只有收下。姑娘离开时，老姚又喊一声："你要去哪儿？"

"去看电影。"

老姚脸上露出满足的笑，连连摆手："路上小心点。"

等姑娘走远，我忍无可忍，问："那个男的是谁？"

"她弟弟。"

"有姐弟之间这么勾肩搭背的吗？"我敢断定，老姚不是第一次见到这位男性，那么他依旧这么执着的意义何在呢？

在回去的路上，老姚反倒过来安慰我："别那么小气，那女孩对我不错，我们说话最多了。"

老姚活在虚幻之中，或许是因为遭遇的失败太多，好歹那位姑娘能够接受他的礼物，给予他春光明媚。看得出来，老姚并不打算跟别人争抢，他也没有那个实力。姑娘没有拒绝他的食物已经很给他面子了，在老姚看来这是不小的进步。老姚是力求上进的人，我想将来他一定会拥有一个属于他的轰轰烈烈的爱情，并以此昭示天下。这就是老姚，爱情的奋斗者！

17. 上哪里找这么好的姑娘

必须承认，我是不会谈恋爱的人，即使有越越罩着，她三天不教我，我就又退步了。但好在我有自己的强项，我会写诗，是鼎鼎大名的校园诗人，因作品在官方刊物上发表而受到瞩目。我也因为这一点而受到女生的青睐，她们喜欢我的才华，想找我说话。我虽然在爱情上表现得很笨，但总能得到原谅。

人要善于把握机会，有人欣赏你的才华和包容你的缺点，但有人却不以为然，所谓臭味相投的人走到一起，什么都是香的。越越说："你再笨，我都会把你教会的，除非你……"除非我不是男人。她的话让我心里荡起层层涟漪。她说了，这辈子非我不嫁，任我在地里烂掉也不便宜别人。我也没有什么远大理想，将来能搂着越越睡觉就够了。

杨小鱼是我们这帮人中最会讨女孩欢心的，做到这一点必须具备两个条件：高大帅气的外表和花言巧语的嘴。杨小鱼不定性，没有抱着结婚的目的谈情说爱，他说他不是在耍流氓。但我们都认为他肯定是在耍流氓。杨小鱼的家庭条件不错，在外面租了一间房，这是为了带女朋友回家方便。那间小黑屋我们都去参观过，一张床，几样简陋的家具。有一天，他若是因为诱骗少女而被警察带走，我们不会感到奇怪。

给我印象最深的是那位叫叶子的美术系女生，她对杨小鱼是付出真感情的。那姑娘很不错，乖巧懂事，长相甜美，温驯的性格让人看着心生怜爱。女人见到自己喜欢的男人总是忽略他那些本应重视的缺陷，甜言蜜语会让她们迷失方向。

叶子是杨小鱼谈得最长的一段感情，但最后还是没能保住，分手是杨小鱼提出来的。最后那顿饭是杨小鱼请的，算是对叶子的法外施恩了，并给了她一个正当的分手理由：不合适。这算什么理由？在我看来就是敷衍。但叶子很认真，一心想挽回杨小鱼，主动向他认错，如果他觉得她哪些地方做得不对，她可以改。爱到深处失去理智，这我能理解，但绝不能失去尊严。无助的叶子哭了，她想不出留住杨小鱼的办法。面对此情此景，杨小鱼告诉叶子，他想收心，不想这么一直玩下去了。叶子信以为真，原来杨小鱼离开她并不是因为别的女人。

叶子去见杨小鱼，杨小鱼不见。杨小鱼甚至为了躲避叶子的纠缠请长假回了老家。叶子太把这段感情当回事了，找不到杨小鱼，就找到我，杨小鱼和我是同乡，关系不错，是不会避着我的。她写了一封长信，整整齐齐地装在信封里，希望我能转给杨小鱼。叶子是我见过的最痴情的女子，我有些看不下去了，想让她尽快从这段感情阴影里走出来。我想把真相告诉她，但又怕伤到她。那天一帮同学在街上聚会，散会后，我看见叶子依依不舍地留在餐厅不肯走。我陪着她，穿过熙熙攘攘的人群，走到天桥上时，她望着天桥下面，眼泪扑簌簌地滚落。触景生情，她想起和杨小鱼租的那间小屋，在那里面他们一起度过了许多美好时光，如今却已物是人非。

我始终没有勇气将真相告诉叶子，我想既然她如此看重这段感情，就让她带着这种美好离开吧，一段美好的回忆总比一段落魄悲伤的记忆好，带着这种美好去开始新的人生，总比怀着恨强。

其实早在杨小鱼还没有和叶子断的时候，他就已经跟张飞月好上了。但爱是一个人的权利，我可以保留自己对杨小鱼看不起的权利，却没有办法左右他的决定。叶子跟杨小鱼在一起不到一年时间就已经沦为备胎了，也许是爱得太执着太投入，被蒙蔽了双眼。最令人气愤的是，后来杨小鱼竟然说是叶子一厢情愿，他情非得已，被动接受。女人容易被爱情冲昏头脑，迷失自我。如果稍稍保持自己的敏感性，就会有所察觉。两人在浓情蜜意之后，有很长一段时间并不和谐，杨小鱼对叶子没有像之前那么体贴入微了，经常不能准时跟她见面，总是有种种借口。我只能说她爱得太傻太天真。

我将叶子交给我的信给了杨小鱼。杨小鱼看也不看一眼就丢到一边。我很气愤，说："你为什么不看呢？"杨小鱼回答："都过去了，何必再去翻那些陈年旧账，自寻烦恼？"对此，我只能在心里诅咒他，纵然他做得天衣无缝，也总有一天会遭报应的。那封信我替他保存着，我想有一天杨小鱼遭受报应的时候，我再交给他，在他的伤口上再补上一刀。这个仇，我一定会替叶子报的。

叶子还在等着杨小鱼，希望他能回心转意，记起她对他的好。但她等来的却是杨小鱼牵着另一个女人的手从她眼前走过。我想她应该看清了这个人的嘴脸，所谓的"收心"只是借口，他对她已经没有热情了。虽然痛，但未必就是坏事。然而善良的叶子却并没有因此而憎恨杨小鱼，她仍然认为是自己做得不够好，没能留住杨小鱼，她不怪他。还有天理吗？为什么这么好的女人会爱上这样的坏人！

叶子是一个内心没有恨的女人，只有爱和满腔的善良。对于女人来说，失恋不可怕，可怕的是出现一个打着“深爱”旗帜的渣男对自己一拖再拖，等到青春已过，他却潇洒转身，留下自己一地悲伤和一去不复返的青春年华。

叶子的家在遥远的北方，她比我们先离开合肥。她走的那天，我去送她。她依然坚持自己的想法，她会把那段美好的时光永远装在心中，那是她一生中最美丽的时候。我说：“你不会恨吗？对所有事情都保持着善良？”她说：“爱都爱不过来了，为什么还要去恨呢？和自己过不去，会有什么好的结果呢？”

叶子是一个用爱来诠释世界的人，对于生活，她只留下那些美好的；那些糟糕的，她不会放在心上。这是她的人生哲学和态度。我突然感到她的与众不同，她的境界怕是别的同龄人再修三生三世也无法达到。我也不禁脸红，之前想替她报仇的那些想法在她的眼里根本不值一提。

叶子走了，这个世界上哪里再去寻找这么好的姑娘！

18. 无耻的渣男

大学的最后一年，我找了一份兼职搬出学校寝室，在老城区和一对情侣合租了一套房子。他们来自同一个地方，从高中开始谈恋爱。后来男孩考上大学，女孩辍学陪着男孩一起来省城合肥。女孩为了生活奔忙，找了一份工作，一边上班一边照顾男孩。每天早上，女孩早早起来给男孩准备好早餐再去上班，下班回来的路上再买好菜给他做饭。

房间并不大，摆一张床，放一张桌子，几乎没有什么空间了，我一个人刚刚好，他们两个人就显得非常拥挤。房间的门是对着的，门开着时能看见对方的床，很不方便。女孩在他们的房门前面挂起一道帘子，这样就避免了尴尬。

女孩的工资都用在平时的花销上，为了让男孩吃得好一点，安心读书，她也很舍得。女孩为男孩付出了很多，但却让我感觉他们两个人的距离越来越远。爱美之心人皆有之，女孩其实也想打扮得漂亮一点，但苦于手头紧，有了钱，她更愿意让男孩穿得出众一些。他们原先是很般配的一对，但随着时间的推移，女孩身上的优雅气质没有了，他们看起来更像是姐弟。

我觉得这样发展下去是肯定会出问题的。我很想给那姑娘一些忠告，她必须及时做出改变，亡羊补牢，也许还不算太晚。有一次，女孩跟男孩吵架了，男孩愤怒之下将水壶摔在地上，起因是女孩花了半个月的工资替自己买了一件衣服。男孩认为女孩买的衣服太贵，而且事先没有跟他商量。女孩一直想买一件像样的衣服，希望在不上班的时候穿给男孩看，没想到男孩并不领情，还发这么大的火。但女孩穿上这身衣服真的很好看，形象和气质一下就改变了，可男孩却根本看不到。

最后女孩妥协了，主动向男孩承认错误，并保证以后再也不买这么贵的衣服。爱一个人就是这样，一旦爱上，就卑微到尘埃里。

接下来的几天都是女孩在讨好男孩，主动找男孩说话，为他准备好吃的喝的，唯恐有什么做得不够好。

一天，女孩一个人在家，我找她搭讪。男孩在家时，女孩是很少找我说话的，我找她说话的时候她也只是客气地回应一下，好像有意回避。我感觉她可能是怕引起男孩的误会吧。我说：“你男朋友像个王子，被你伺候得又白又胖。”女孩笑着回我：“他是独生子，没吃过苦。”很显然，她是不愿意别人那么说她男朋友的。我说：“你呢，你不是独生女吗？”“我不是，我有个弟弟。”我问：“你们谈恋爱多久了？”“六年。”女孩对外人始终存有戒心。

男孩跟同学到外面玩去了，很晚才回来。女孩早已准备好饭菜，等男孩回来一起吃。我有些好奇，很少有地走过去看他们吃饭。男孩主动说：“李哥，吃过了吗？要是没吃过来一起吃吧。”女孩见男孩这么说，就要去拿碗筷。我赶紧说：“吃过了的。无聊，过来找你们聊聊天。”为了避免尴尬，我故意说：“我也有女朋友的。”“是上回带东西来看你的那位妹妹吧？”女孩问。“就是她。你记性真好。”我打量了一下他们睡觉的床，很窄，应该很受罪。“看不出来，你们都已经谈过六年恋爱了。我们才相识三年，没有你们这么恩爱呢。你们是来自一个地方的，将来毕业了回到老家，结婚、生孩子都很方便。我们一个在南一个在北，将来还不知道怎么办呢。”我是发自内心的，如果越越也和我来自同一个地方，快毕业时就不用担心劳燕分飞了。

那天，我在他们的房间里待了半个小时，男孩很会说话，看得出来，他是一个聪明能干的青年。这大概也是女孩喜爱他的原因吧。男孩有时候也来我的房间找我聊天，但我每次提到他女朋友时，他都不愿意多说。我能感受到他情绪里的不满，他越是这样，我越是想聊一下这个话题。我贸然问：“你们打算什么时候结婚呢？”他有些不耐烦，说：“等大学毕业了再说。”然后起身离开了。

有几天，女孩一回来就蹲在地上呕吐，后来去医院查了一下，发现是怀孕了。为这事，男孩又跟她吵了起来，男孩认为她是故意的。女孩很委屈，替自己辩解：“可能是时间长了，药不管用了。”声音尽管小，但能听得清楚。男孩却吼起来：“你要是不想在这里待，趁早走。”女孩没有再替自己辩解，却一直在哭泣。我很想过去劝劝，但又感觉不合适。

半年时间，女孩一共意外怀孕两次，每一次他们都吵得特别厉害。我不太了解事情的始末，这种话题我也不便找他们去说。其中一次，男孩动手打了女孩。这件事也许并不像我看到的那么简单，在同一件事上老是犯错，把责任推卸给女方，难道他就没有责任吗？出了这种事，要上医院堕胎，受罪的是女孩。她肯定不愿意这样。最关键的是，每次堕完胎，女孩几乎得不到什么休息，很快就又去上班了。我感到她真的很不容易。这样的女人，他不应该辜负。

一次，我从外面回来，正赶上男孩打电话，对方是男孩的母亲，是问他和女朋友的事情。男孩说："没有，我和她早就分开了。我不知道她现在在哪儿。"

这再次引起我的好奇。等男孩挂了电话，我走过去问："难道你母亲不同意你们在一起？"

他点了点头，说："我们应该不会结婚。"

我突然很愤怒，质问他："你们在一起六年，你妈不同意，你就不要拖着人家，早一点说清楚，早一点让人家回家。做人不能太自私，人家白天上班挣钱养活你，晚上给你暖床单侍候你，可在你这里，她得不到未来，看不到希望啊！"

男孩的脸色很难看，我知道我戳到了他的痛处。他说："我自己会处理好的，这个不用你费心。"

那一刻，我忽然很可怜那个女孩，为了一个没有结果的爱情，像飞蛾扑火般爱得那么执着，自己却全然不知。

其实，他们的结局已经很清楚了，不会太长远。两个月以后，女孩又怀孕了，他们又大吵一架，男孩动了手。之后，女孩搬走了。

相遇总是猝不及防，而离别多是蓄谋已久。一个人的人品怎么样，看他处理感情的态度就一目了然。

19. 取经的路上

我们系有个同学，只比我大一岁，看上去却像四十岁左右，一脸的沧桑，特别淳朴的样子。与老姚不同，他是谈过恋爱的，但情路特别坎坷，如同去西天取经的唐僧，三跪九叩，奉若神明。爱情就是他的佛经，夜夜参禅，日日念经，历经九九八十一难，还不够，还要继续受苦受难。

同学姓张，但别人都习惯性地称他“老唐”，其实意思很明确，就是唐僧。老唐的爱情通常来得快，去得也快，来去无影踪。为了谈一场轰轰烈烈的恋爱，老唐舍得花钱，请吃饭，送小礼，为此积攒了不少人气，也有人愿意给他介绍：“老唐，我认识一个女孩，小姑娘很漂亮，大大的眼睛，高高的鼻梁，说话娇滴滴的，胸大，屁股大，能生能养。”老唐听了心动，追住不放：“那给介绍介绍啊，事成之后请你喝酒。”

和姑娘见面，约好见面的暗号，手里拿着本书，提前半个小时在电影院门口等候。女孩一旦出现，他毕恭毕敬地迎上前，开场白就是“请问您是X小姐吗”，得到回答后，他立刻说：“本人姓张，名罗文，年龄二十四岁，老家河南信阳，家中有父母，一个弟弟……

为人正直，诚实守信，热情达观，对古典文学感兴趣，尤其是对中国四大名著颇有研究……”老唐的自我介绍是他与女生交往中的一大败笔，但他却不厌其烦，一本正经。

老唐像是活在古代，在他的世界观里，爱情是神圣的，以至于他三跪九叩仪式感太强，把姑娘们都吓跑了。我们调侃老唐：“昨天那位女菩萨怎么样？拿下没有？”老唐很不高兴别人这么说他，回应：“乱说，爱情是神圣的，不许亵渎。”

老姚讨不到姑娘的欢心，很大程度上是他的形象和气质不行，老唐却是标准的中国美男子，身高、气质一样也不缺少，那问题出在哪里？他太唐僧了。两个人见面，如果他不说话，这事就成功了一半。但江山易改，禀性难移，他可以在同一个地方摔倒一千次，却无法为此做出一丁点的改变。

老唐在学校很出名，几乎没有不认识他的。但他的出名并非因为他的长相，而是他唐僧的性格，甚至连系主任也一时口误称其为老唐。以老唐的声名，想在学校内找对象几乎不可能，只有通过介绍在外面找。

前人总结经验：人在该谈恋爱的年龄谈恋爱，在该结婚的年龄结婚，让一切在合理的时间得到解决，以免留下遗憾。“劝君莫惜金缕衣，劝君惜取少年时，花开堪折直须折，莫待无花空折枝”，这是老唐每天都放在嘴里念的，算是他的经文之一。二十多岁不仅是读书的年龄，也是恋爱婚娶的年龄。对异性的追求是人之天性，因此很多人都在行动，没有行动的内心也一定不平静。

老唐看起来很像一个已婚人士，而且应该是一个十多岁孩子的父亲。时间不等人，他一次次失败，不气馁，不妥协，斗志昂扬。

老唐急于结束单身生活，找个人把自己“嫁”出去。一位金发女子来找老唐，一看就不是等闲之人。这女子是老唐在回老家的火车上认识的，面对面坐着聊天，最后交换了联系方式。没想到那女子真就跑来找他了。老唐的心能容天下人，女人更不用说。一来二去，两个人便搂搂抱抱在一起了。但一个月不到，老唐辛辛苦苦积攒起来的小金库就都入了那女人的腰包，为此，他还欠下一屁股债。有人看不下去，好心相劝：“老唐，你怎么迷上女妖精了，不怕被她吃了？”老唐当然不肯承认，说：“这叫什么话！哪来的女妖精？”嘴上这么说，但他心里已经感觉到不妙。老唐最长的一段恋情也不过两个月，而且是跟妖精谈的。很快，老唐又单身了。老唐不单身，那肯定是一件不正常的事情。

老唐对人生有追求，谈恋爱也绝不是贪图享乐，迷恋女性身体，他是真想把对方娶回家，生儿育女，传宗接代。

学校里排演话剧《三打白骨精》，唐僧的人选很自然地落到老唐头上。老唐的身形、步法，不用演，活脱脱的唐僧转世。跟老唐一起排演节目的一名女学生为老唐的演技所折服，经常向他请教如何演好女妖精。在这方面，老唐应该是有生活的。女孩请教得多了，老唐的春心荡漾，觉得女孩对他有意思。一天，排演结束，女孩又像往常一样留下来准备向老唐请教。经过一番切磋之后，老唐终于按捺不住，对着女孩双手合十说：“女菩萨聪慧勤奋，长相甜美，贫僧梦寐以求，不知能否遂了贫僧的心愿，花开并蒂缔结良缘？”老唐以戏进行试探。女孩不知深浅，陪着他一起往下演：“小女子出身贫贱，难得唐长老看得起，如若不嫌弃，愿以身相许。”戏作假时假亦真。老唐无比激动，真的以为女孩看上自己了。

后来不排演的时候，老唐也去找那女孩，对她表现出格外的关心和体贴。直到《三打白骨精》演出结束，老唐还去找那女孩。但老唐再找时，女孩经常不在。很明显，这是人家故意在躲着他。

取经的路上多少艰难险阻，老唐还有多远的路要走？纵然失败也压不垮他，他会重整旗鼓再次出发……

20. 回不去的青春，留不住的爱情

我和越越相识三年，她对我的关心要比我对她的关心多得多。女孩心细，想事情周到。眼看就要毕业了，越越请我吃饭，在我们常去的那个餐馆，她点了我最爱吃的鱼头锅子，要了两瓶啤酒。后来啤酒喝完了，她又要了两瓶。那一天，我们一共喝了六瓶，离开餐馆时，都有些醉了。

越越完全不顾及自己的形象，用手勾搭住我的脖子，满嘴酒气喷到我脸上。她说："我完全没想到你竟然是那样一个有毅力的人。"我没太明白，于是问："你指的是哪方面？"

"对待女人。"她回我。

我还是不太明白，问："什么意思？"

她朝旁边看了看，然后附在我耳边小声说："你跟女人发生过关系吗？"

她是因为这个。我说："要说这个，你比我有毅力。我是因为你的毅力而迫不得已。"

她扑哧一声笑了，说："那你被骗了。"

"原来是我上当了。"

“我们都上当了。”

我琢磨着她的话，突然正过身子，注视着她，问：“现在补还来得及吗？”

她却突然说：“是你的迟早都会给你的，不在乎这一两天。”然后用手一推我，和我保持距离。

我是不是也挺唐僧的呀，天天琢磨女人的事，想要跟她生米做成熟饭！我和越越其实都想睡对方，到目前为止，这还是一个梦想。梦想总是需要一些时间去实现的，轻易就实现了，那不叫梦想，那是目的。所以，我们把那一夜看得很神圣，那不仅是肉体的交合，也是灵魂的交合。睡是一件很容易的事情，如此简单，唾手可得之物，绝不是真理。我想，和越越在一起，不是一时，而是永远。

我希望越越能随我一起回南方，但两天前越越的母亲打电话来要求她回去。这件事让她很为难，最后她做出选择，她会跟我去南方，但她得先回自己的家，争取母亲的同意。没有比这更好的办法了。

最后一晚，大家在一起喝酒，喝得昏天黑地，男男女女不分彼此，抱在一起，一直到深夜。众人都烂醉如泥的时候，越越送我到出租屋，我们是唯一没有喝多的人，都十分清醒。我知道这最后一夜，很多恋人都在进行最后的道别。当这最后的时刻到来之时，我和越越都不知道明天会是什么样的，将意味着什么。她脱光身上的衣服，在不知道明天会发生什么时，她做了个决定，或许是对我的一种安慰，或许是对明天的奋不顾身，这不仅是一种态度，更是一种痛。我说：“把衣服穿起来，明天我送你回家。”我选择了拒绝。

我送越越上火车时告诉她，我会在合肥等她回来。听我这么说，她竟然哭了。我知道她是倔强的，比我坚强。她之所以哭，是因为三年来一切的主意都是她在拿，这一次是我做出了这个决定，让她感动。

越越没有食言，第十天，她回来了。但事情并不像我想象的那样，她并不是要跟我回南方，而是来向我告别的。当看见我衣冠不整、胡子拉碴地站在学校大门外时，她再一次没忍住，又哭了起来。她久久不回，我已经猜到大概的结果了。

她是独生女，父亲去世了，母亲不希望有生之年女儿不在身边。这么多天没有回来，其实是她还犹豫不决。现在她已经想好了，她不能跟我一起走。现在只有一条路，就是我跟她去北方。她知道这对我来说同样难以抉择。最后的结果是她回她的北方，我回我的南方，但这并非是最后的结果，她会等我最后的决定。

其实我心里清楚，一年之内，如果我不能做出决定，我和她的这段感情就会无疾而终。刚开始那段时间，我们每天都保持电话联系，有说不完的话，依依不舍。两个月之后，她突然告诉我，她母亲托人为她相亲。我突然沉默，她一再向我解释这是她母亲的意思，并不是她的意思，她一直是反对的。但她还是去了，和对方见了面，喝了茶，让我对她很失望。

我不再主动给她打电话，但心里仍然对她充满期待。她继续给我打电话，只是没有以前那么勤了，隔一天打一次，甚至隔几天打一次。有一天，她突然告诉我，她和之前相亲的男孩把事情定了。她觉得对不起我，是她背叛了对我的承诺。这有可能是她和我之间最后一次通话，最后一次联系，她很伤心，不停地抽泣。她希望我忘了她，找一个比她优秀十倍的姑娘一起生活。我没有想到，短短几个月时间，我和越越就由热恋的男女变成今天的模样，好像在一瞬间发生的，令人难以相信。

我花了两个月时间才稍稍缓过劲儿来。我想明白了，这事不怪越越，是距离杀死了我们之间的爱情。她其实是给了我机会的，她期待我能做出一个决定，但我没有。回头想想，什么天荒地老海枯石烂，再至死不渝的爱情，真到分开的那一天，也能做到心平气和，从容面对。

一年之后，一位从远方而来的大学同学无意中聊到越越，我以为她结婚了，但让我感到意外的是，她还是一个人。我和越越之间的事，我想了三天，她其实没有相亲，她是在骗我。我的退缩使她找到了答案，于是她进一步编造订婚的谎言。她其实也是在成全我，希望我早一天从这种不切实际的幻想中解脱。我想给她打电话，当我拿起电话拨通号码，那头却再也没有人接听……

空城计

21. 那一场青春的“鸿门宴”

当初，张飞月惹得哥儿几个勾心斗角，心里憋着一股劲儿。时光如水，岁月如梭。这么多年过去，他们不知道搂抱过多少女人了，生活还不知道腐化堕落成什么样子。他们其实早就不是一张白纸那么简单，未来他们也一定会站在腐化堕落的人群中间，头发掉光，腹部像怀了孕的母猪，行动起来，猪乳可以两边甩动。

这是十年后的一天，我突然接到杨小鱼的电话，说鲁师爷邀请大家相聚。我的第一反应是：鸿门宴！家宝声音纤细，在电话里问：“鲁师爷是谁呀？”

鲁师爷——鲁智深？这人名很熟，一时竟然想不起他的模样来。经过脑子反复检索，搜肠刮肚，此人终于露出水面，原来是同系比我们低一年级的鲁某某！哟，这人怎么突然跟我等套起近乎来了？读书时留下的后遗症，脑子里立刻蹦出两个字：阴谋！

当初杨小鱼贪恋张飞月的美色，抛弃天下难寻的好姑娘叶子，令人愤慨。后来杨小鱼遭到张飞月的抛弃，罪有应得。看着哥儿几个相互嫌弃的嘴脸，我很悲愤，说：“生米做成熟饭喂鸡都下蛋了，省省吧，人家早已经不是你们心目中的完美女神了！”

老姚上撸袖子，裤腰高束，我真没觉得他这是要去跟谁同归于尽。他不会为了一个女人想不开拿根绳子勒死自己吧！这又是何苦呢！留得青山在，啥时都有柴烧。我说：“瞧你们的素质，都走上社会的人了，你们的爹娘把你们生出来是让你们光宗耀祖，顺带为社会做出贡献的，不是让你们为女人自相残杀的。太丢人！”

我记得这事经过一番论战无果后，又过了好几天，或许我们都以为已经错过了鲁师爷的那顿鸿门宴，杨小鱼却又打电话过来说：“师爷说了，如果我们不去参加他的鸿门宴，会抱憾终生的。”

家宝说：“指名道姓地派鸿门宴，这也太猖狂了吧。”

真实情况是，当我们怀着愤怒与不安在指定地点见面时，只见杨小鱼已经先我们一步到了，他没有像我们想象的那样用一张龌龊的嘴脸来迎接我们，更没有同张飞月勾肩搭背一同出席。整个鸿门宴上，张飞月是跟鲁师爷坐在一起的，相互之间动作轻佻，言辞暧昧。

这是演的哪一出呀？老姚吃得三分醉，一拍桌子指着鲁师爷：“这哪是什么鸿门宴呀，你这是西门庆勾搭潘金莲，拿我兄弟当武大郎呀！”老姚酒劲上来了，一撸袖子，当时就要给鲁师爷来个下马威。众人不小心瞥见杨小鱼在那儿摆开架势，唯恐美人遭遇不测。悲哀！

一眼扫去，除了老姚，众人皆不动。就见杨小鱼用胸膛挡在张飞月前面，这护花使者当的！我觉得行侠仗义也好，惩奸除恶杀富济贫也好，总得选择好对象再出手。我心中一直有一个结：张飞月真就喜欢上了不着调的鲁师爷？她爹娘赔得也太惨了点儿！张飞月这么自甘堕落，无怨无悔地跟着老鲁，只能说明这年头天鹅都改吃蛤蟆肉了。

咱这不是《三国演义》，也不是《水泊梁山》，没必要把那胳膊肘儿甩得跟城门前叫阵似的，没必要拔根萝卜吓唬谁。以为你那就叫绝活儿，别人都是狗撒尿！省省吧，这一着棋我们确实是输了，惨不忍睹，再这么下去，还不知道丢人现眼到什么地步呢！

这是个歪瓜裂枣盛行的时代，提气收腹——俺们这些年的白马功算是白练了，走火入魔也自认倒霉吧！那些年一意孤行，置爹娘望眼欲穿、数十年如一日的愿望于不顾，抱恨终身死不瞑目啊！

22. 那些年的“追魂减肥法”

我从来没见过有人这么勤奋减肥的，在脖子上套根绳，脚踩在板凳上，前面齐腰处置一机器不停旋转，奇就奇在机器上多处置有锋利的刀片，尤其是靠近腹部的地方最为锋利。而身子后面是紧贴着墙壁的，无法退让。这真是前有追兵，后有堵截，据说这招叫作“追魂减肥法”，这恐怕也是前无古人，后无来者的减肥法。

不了解情况的我猛看见老姚踩着凳子，脖子上套着绳子，前面放着杀人的机器，以为他要永别人世，脸都吓白了。死就死呗，还搞得这么上纲上线，轰轰烈烈！这是死给谁看？我说：“老姚呀老姚，你这又是何苦呢，就算想不开，爱情不成功，事业无着落，也不用如此狠心吧！你死了倒是痛快，你爹怎么想，你娘怎么想，你让二老怎么活？”

就见老姚气出得厉害，肚腩有些收不住。

我不知所措，干着急帮不上忙，大声喊：“你让兄弟们怎么活啊！老姚呀，你不能这么草菅人命，就是再贱再不值钱，也是条命啊！美女温暖如春的胸脯你摸过吗？那又白又嫩如藕似的小手你牵过吗？你说人生中最大的快乐你都没有体会过就这么去了，天理不容啊！作为男人，你情何以堪啊！”

就见老姚气收不住了，肚腩不时往前顶，与旋转的飞刀短兵相接。我目瞪口呆，老姚的肚腩上被划开几道口子。正当我不知如何是好，眼见老姚就要瞪眼归天之时，家宝来了。家宝一见此景，立刻冲上来质问我：“老李，老姚犯什么法了，你对他动如此大刑？”

“这话说的，这机器不是我发明的。”

“你还说不是你呢，这都快出人命了。你是不是想杀人灭口？”

“我？无冤无仇的，凭什么呀？”

家宝也感到不可思议。

我和家宝立即寻找杀人机器的开关。一边寻找，家宝嘴里还不停地说：“这是谁呀，下手也忒狠了点儿，这是杀父之仇不共戴天啊！”

在我们追寻开关无果的情况下，老姚已经坚持不住了，脚下无力，脚脖子一歪，凳子倒了，脖子一下就套牢了。与此同时，那机器自动关闭。我们顾不得好奇，赶紧将吊着的老姚解救下来。原来那开关一直捏在他自己手里。

家宝十分不解：“老姚，你这是自杀呀！能吃能喝能睡的，这世上的福都被你享尽了，有啥想不开的？”

“呸，我享啥福了？享啥福了？”老姚对家宝的话很生气。

我也觉得家宝那话说得过分，这不明摆着讽刺挖苦人嘛！老姚最多也就吃吃喝喝，那人生中的正经事他可是一件也没干成。我还是没想明白，不能因为那些事没干成就想不开吧！我说：“化悲痛为力量，咱可以继续冲啊，干吗要寻短见呢？”

“我那是在减肥。你说你们干吗要跑来？”

看来我们来得不是时候，坏了他的大事。这是在减肥吗？怎么越看越像是恨铁不成钢，要自断手脚呢！我深知老姚已经尝试过很多种方法了，但每一种对于他来说都收效不理想，最不成功的一次减肥，减了两个月，结果不减反增了五斤。为什么会产生这种情况？老姚一脸的苦恼。其实我们都明白，是年龄到了，身体里的娄娄兵不听指挥了。

经过这次惊吓之后，老姚称了一下体重，奇迹出现了，成功减去五斤肉，简直不可思议。这五斤肉确切地讲是被吓跑的。

在同事和朋友们眼里，尤其是当初那帮同学眼里，我一直是以“瘦肉型猪”示人的。但最近一年，我感到了身体的变化，一天突然发现腰部有松垮的迹象，以前的那种紧致蛮腰不见了。我很惶恐，好在这种变化不是特别明显，每天盖在衣服里也不容易被人发现。但我的脑子没有一天不想着自己如果是一头真猪，光天化日之下，光着身子在大街上裸走，那将是一件多么丢脸的事情。有一天，我突然发现当初的那件衣服不能再穿了，它让我很不舒服。裤腰带必须往外移出一个眼。我深深理解自己的身体，我知道它每一次成功的行动对于我都是致命的打击。它终于开始背叛我了，这是一件多么令人沮丧的事情！

我开始定时间早起，去户外奔跑。但仅仅坚持了三天，我就开始三天打鱼，两天晒网。我立刻意识到身体产生了惰性。奔四了，曾经不知道天高地厚的自己也体会到做人的艰难与辛酸。工作的压力、父母望儿娶妻的压力、父母望儿抱孙的压力、父母望儿养老的压力、房屋还贷的压力，五座大山啊，有没有大地震来临前山崩地裂的感觉？生活是有负重感的，每天都像一匹吃个半饱被勒住脖子干活的骡子。

身体的变化给我的生活带来了一些麻烦，以至于我每天到办公室里不得不提着气，不显山露水，不动声色。表面看满园春色，气象万千，形势一片大好，身体之内却汹涌澎湃。打江山容易，保江山难啊！好不容易得一光辉形象，就算是死，我也得扛着这身“铁板肉”去死。我给自己立下军规，绝不沾酒，加强戒备。这也使我回味起老姚躲在黑屋之中操练杀人机器，刀刀夺命，刀刀惊魂，我是没那勇气。当然，我也还没到那一步，先抱着侥幸心理静观其变吧！

事实也证明，老姚的方法是非常有效的。那天我特地就他减肥一事登门拜访，却见老姚瘫坐在地，脸倒是有所变瘦，只是觉得鼻孔比之前更大了，蹲在地上还像一堆牛粪，不禁让人感叹：还有鲜花愿意插在上面吗？老姚成功减去五斤肉，却猛然发现落下小腿走道前抛的毛病，据说是被吓得机理失调，留下了后遗症。唯一的好处是这五斤肉没有再找上门来。半个月过去依旧，简直是一个奇迹。不过这代价也确实够惨重的。

很庆幸我还远没有到那种走路将肉甩出声响的地步。

23. 时光里的小乔

小乔，据说是从外地搬到宣城的，住在翠云庵附近，特丰满的一个女生。我们玩得最开心的是溜冰，在市工体有一座露天溜冰场，我的平衡能力差，不会溜。一同不会溜的还有老姚。家宝和杨小鱼都是溜冰高手。小乔也不会，但却偏偏喜爱溜。多年以后，我突然悟出一个深刻的道理：溜冰绝对是赢得美人芳心的最佳捷径。敢情那几年我们一直像个傻瓜似的在陪太子读书，看着杨小鱼独自一人逍遥快活！

最初见面时，小乔还有些放不开，见面还脸红心跳，可转眼就搂搂抱抱，一点也不怯场。这姑娘爱溜冰，没出三步便滑倒，却偏偏点名让杨小鱼过去扶她。看得老姚心都碎了。家宝、老姚密谋让小乔春光乍现的事情是我这辈子参与的最龌龊的一件事。当时就一个简单的想法：便宜不能让那小子一个人独占了。血气方刚，浑身的气力没地方使，家宝那头卷发更像是机体里能量代谢过剩生长出来的冤孽。

可能是我们的动机太过明显，引起了小乔的怀疑和紧张，几天都没再来玩了。经常守在东门桥摆摊的老大爷认出我们，但却没见和我们一起的那位姑娘，于是问："你们到底是喜欢姑娘还是喜欢姑娘的奶子？"这个问题从一个老大爷嘴里说出来，令我们感到震惊。

如今想想，当时还真没弄明白，只是喜欢那女孩，却不知道为什么喜欢。如今年轻人之间的称谓变化巨大，称之为"瘦猪"或"肥猪"，自得其乐。有一次我的前房东见着我，竟然也冲我大喊"瘦猪"。我一阵激动，感激他发自肺腑之声。

这些年突然感觉时间过得飞快，像一个女子，走着走着就改小跑了。好像小时候的时间跟现在的时间是不对称的，小时感觉我妈的那身老棉袄旧了很多年了，中间一直没换过。但现在怎么一晃十年过去了，隔壁的大黄突然换成小白了。我甚至记不清大黄之后、小白之前还有没有小红、小绿什么的。关于时间，这是个谜，最牛的科学家也无能为力。

那天有人看见隔壁小白，惊问这狗怎么长出人的样貌来，特别是它的额头和三角区。那人说这话时不断用眼睛扫射着对面的几个人，这其中就包括我。我真担心他的目光突然就落在我的身上不再移动。他突然问："这狗多大了？"我当时想都没想就回答："我看着它长大的。"

"它多大？"

"人一岁抵狗七岁，应该奔四了吧。"

"你多大？你们是同龄人？"

这家伙眼光很准。后来我才知道这人会一绝活儿——看相。难怪他的两只眼睛不停地在我脸上转来转去。我记得他当时问："你是狗命？"

我没觉得他是在骂人。他一脸严肃，表情极其认真。我也很认真地点头。

“狗命难逃啊！”

狗命难逃？我是请他看我的桃花命的，怎么跟狗牵扯不清了！

“你有喜欢的女孩？”

这个问题真的没法回答，喜欢我的女孩倒是有几个，不过都是伤心往事了。曾经的这帮兄弟谈个恋爱就跟孙猴子三打白骨精似的，不打个昏天黑地是不归的。说来话长，杨小鱼似乎自打小乔那件事后便一蹶不振，像个幽灵似的若即若离、忽隐忽现。

我怎么想怎么觉得那看相的把我和那狗混为一谈，有点人狗不分了。我是我，狗是狗，是有本质区别的。我走在街上，脑子里有一座山，山上有一点亮光，这光闪了二十年了。如今那光里像是有什么东西要飞出来，或许是一个人，但也有可能是一条狗。人或许是有报应的，我感到我就是一直在朝着那点亮光靠近，也许并不能走进去，但我肯定会死在那点亮里。

历史就是这么简单，在不经意间，你像是听懂了某个人说的话。这句话就一直在你生命的过道上闪烁，成为你生命中的谜语。小乔从那次消失后就走进了那点亮光里，我竟然将她遗忘了好多年。

杨小鱼还在，我们一直怀疑他深居简出的重要原因是躲情债。我们看得见的，他至少欠了小乔和叶子的情债，或许还有一些是我们看不见的。他应该请罪，应该被叛下世永远没有一个女人肯接近他，让他得麻风气管炎癌症。当然，最好是当一条狗。狗看见的所有人都只是一个人，也正如人看见的狗都是一条狗而已！

24. 中猪时代

如果把人生分为三个阶段，可以用三个形象的比喻：大学毕业以前是瘦肉型猪，毕业以后的前十年是中猪，毕业十年以后是肥猪。

当我还是一只瘦肉型猪的时候，可以随意翻越任何一个有难度的栅栏，可以飞离地面够到比自己高三尺以上的树枝。俱往矣，数风流人物如秋风扫落叶一般再也不见。如今是中猪啦，已经不复当年之勇啦！

当初，学校附近一仁兄，一脸的横肉，每回看见他满面堆笑都觉得不可思议，都这份上了还不以为悲。更让人难以理解的是，居然有一位令人心潮澎湃的姑娘跟他出双入对，那位姑娘怀孕了，腹部隆起多高。悲哀呀！简直是目不忍睹，论罪当诛。多少年之后，我突然能够理解横肉兄了，感到那姑娘的选择是多么的英明！我相信爱情是一种至死不渝、一生一世的感觉，不需要任何理由，不分美丑胖瘦富贵贫贱。

我很怀念身轻如燕的学生时代，像隔着很多重迷雾，沿着看不到尽头的走廊一直往前走……其实在十八岁之前我就对一个女生特别有好感。我曾一度认为未来的生活是美的，如同一层一层地揭开美人身上的轻纱，最后见到真人。事实上，轻纱一次次被揭开，美人却并没有如期而至。

抬首之间，秋已至，树叶变着法地往下坠落。为了证明自己某些想法的错误，我把外甥叫到跟前，问他："你看见外面的树叶在飘吗？"外甥说："舅，您是不是老了，什么时候飘落叶了，还没到秋天呢。"我看了看涂在墙上的去年的某月某日，说："怎么早晚都麻丝丝的冷呢？"外甥说："您老要是觉得孤单了，想成个家了，我妈可以帮您这个忙，咱们可以动员阿猫阿狗替您出主意想办法，天下的女人多的是，总有一个会相中您的。"

这话怎么听着这么耳熟呢！阿张说过？阿周说过？阿猫阿狗说过？

我脑际里闪现姑娘含情脉脉地看我的情景，她硕大无比的眸子如深夜里的星辰，一眨一眨。我没有吻过她，这是我这辈子干得最愚蠢的一件事，为此我要抱憾终生、悔恨至死。我和她就像混迹于世的两只皮影——阿荒和阿茫，平淡无奇，波澜不惊。她家就在附近老街出口的一间民房里，我有几次从她家门前路过，明明看见她是站在隔壁人家屋子里的，一转眼却出现在自己家门前。她看我的时候绝对是脉脉含情的。我甚至觉得如果当时我肯停下来，哪怕为她回一下头，她一定会为我守身如玉，直至牙齿掉光、头发落尽。

几年以后，她出落得比正常发展还要出类拔萃，杏眼、紧致的小蛮腰，特别是胸前的那对美乳，突然就横在那儿，让人猝不及防。她还没有结婚，因此这些美我还有机会得到。

在这座城市里，我是远近闻名的诗人，我的诗歌上过著名的杂志，受到过大师级名人的赞赏。据此，我可以判定自己将来一定是位了不起的诗人，说不定会人逝名留、万古流芳。当她们还是一群燕子的时候，我的诗就在城市的上空被字正腔圆地朗诵过，当我的名字被念出时，我的心情十分激动。身轻如燕的姑娘们不管在哪里都能集结成群——轻轻甩动的马尾辫和羊角乳，在若干年以后，我回过头来对着她们的后背吹一口气，她们便像蒲公英一样纷纷散开。

一次，我很晚才从外面归来，听见她从一个角落里叫了我一声。我回头，却没看见人。我确定是她。我记得我为她写过一首诗，名字叫《孤独的燕子》，现在已经想不起来具体的内容了。写完那首诗后，我走路、吃饭、睡觉，甚至连撒尿都变得忧郁起来。我当初的忧郁是装出来的，但过了很多年后，我不装时也能忧郁了。

我开始喜欢上那个姑娘，她也依旧那么一成不变地关注我，在我经过的地方把自己显露出来。喜欢是不需要任何理由的，生是你的人，死是你的鬼。一次，我和她迎面撞上，我看见了藏在她眼里的惊慌。为什么喜欢一个人反倒变得像陌生人一样，连一句话也说不上来，彼此像两个活在封建时代的古人？我说："是你呀？"她说："嗯。"我说："吃了没？"她说："嗯。"我们就像两匹怀揣梦想在茫茫人海中觅食的孤狼一样，忍受着对彼此的渴望。

其实不光是我，在我周围也有一帮这样的人，每天清晨都在一种精神的感召和指引下，像一只雄鸡似的步出，黄昏时像一只落魄的公狗似的归巢。我每天迈着固定的步态，在固定的路上忧郁地回头。这时候突然传来我钟爱的姑娘落入水中的消息。我不相信这是真的，但我却再也没有见过她，直到我变成了一头中猪时，关于她的传说半点都不存在了。

没有人在这个故事里打探属于我们的爱情，这是一个隐秘事件，只限于她和我之间。对于她，最能被我记起的还是那个穿过很多薄雾才能得见的身轻如燕。我还是一匹孤狼吗？还能怀着梦想与渴望在一座城市里行走和觅食吗？至少我还拥有忧郁的眼神。我曾经是一位了不起的诗人，怀揣无比美妙动听的爱情……

25. 从禽类到猪科动物

风水轮流转。家宝一夜之间暴富，成为有钱人。他从网上购买了一身新衣，那燕尾服竟穿出军官的效果来，不能不令人对他刮目相看。肚子大了，脖子粗了，翻出十几年前的照片，不禁让人感叹：岁月不仅使鬓毛衰，还把人变成了猪。十几年前看着那些像孕妇一样的中年男人在心里可劲笑，看着满大街横冲直撞的猪肉，却绝不会想到自己有一天也会成为他们中的一头！

隔壁老王看见我问：“你吃啥药了，身材保养得那么好？”这话让人窃喜。但他的下一句话却令人沮丧：“你今年四十几了？”我就不明白，人与人的差别咋就这么大呢？昨天还有人问我有没有三十呢！老王这是啥眼神呢？这中间差着辈分呢，一夜之间我成为做爷爷的人了。老王绝对是没品位的人，盯着我的年龄不放——俗。老王“身怀六甲”，深陷中年危机，典型的怀有低级趣味的人！

过去家宝一穷二白的时候，就算弄件二十世纪五六十年代的唐装也能穿出黄袍加身的感觉来，那精明的模样可圈可点。岁月变了，有一阵子，家宝不到八点不出门，出门必是油头粉面，紧身衣穿在身上荡气回肠。不光是家宝，老姚还挂着刀伤的肚腩已经宣告一个时代的泯灭，他们已经从禽类过渡到大型猪科动物。

相比较而言，我缩一缩肚子就能掩人耳目，这种功夫，他们只有咽口水的份儿。家宝不笨，突然领悟到什么，说："人的一生其实就是把自己变成几只像样的动物。"当然，如果你足够幸运，或有足够坚强的意志，你可以活得像一只孔雀，哪怕是一只秃了毛的鸡也比一只行情看跌的猪强。从孔雀到鸡，到猪，再到怀孕的母猪，这一路走来，简直就是一首如泣如诉的命运交响曲！

在南方诗人的一次聚会上，家宝作为曾经的资深诗歌追随者赫然在列，他那被燕尾服裹住的肚子时时都在擂响战鼓，时时都有可能冲出去杀敌。其情其景惨不忍睹。家宝不能摆正位置，显得自不量力，即使战鼓擂得再响，也是且战且退，最后丢盔卸甲。

家宝没能把握住人生中最美好的时机，有钱也没什么了不起。他的荡气回肠并没有换回姑娘们的同情，没有骗取小姑娘们的信任，向他托付终身。家宝十分不理解地看着我，咬牙切齿地说："老李，你何德何能？凭什么让小姑娘们前赴后继？"我提了提气——这就是资本。三代成就贵族气质，虽然我不再是孔雀了，但至少还是一名战士。家宝死不瞑目地缠着我，喋喋不休像个更年期的中年妇女。中年危机像一颗毒瘤一样在他身上显现。

相亲，家宝让我陪他，尽管我觉得他更应该找老姚，但我并没有推辞。正好我也借此机会去看看外面的世界，看看那些姑娘现如今的思想。这样的相亲大会是开阔眼界的好机会。

相亲大会那天，家宝束腹了，用一根上吊的白绫一头系在门把手上，用手握住，一层一层缠住腹部。效果很明显，大肚子没了，轻装上阵，年轻好多岁。但我是不看好他束腹的，这是赤裸裸的欺骗，太卑鄙了。这是为以后埋下地雷，将在未来的某个很近的日子里引爆。人人都有追求美的权利，但如果用欺骗的手段，那就不好了。我说：“家宝，还是顺其自然，让她们看，扒开衣服敞开胸，四十岁怎么啦，这是正常男人的胸襟，如果有必要，扒裤子都没关系，消除怀疑与误会是第一位的，千万别为以后的人生埋下隐患。”

我苦口婆心地劝，却换来家宝的一句：“你还提气呢，凭什么说我？”接着又搬出一句名言：“宁可我负天下人，不可天下人负我。”

说我提气？我不服气地看着家宝。家宝面露得意之色。我觉得中年危机使他走上邪恶之路、不归之路，他将死得很难看。他还在用过去的那一套看今天的世界，现在的小姑娘个个都是巾帼英雄，个个都能照着他的小肚子踹连环脚。既然是朋友，我不能见死不救。我说：“坦诚相见吧，说不定哪个小姑娘就迷恋上你的大肚腩了。天下之大，人口之多，无奇不有。这审美标准也不是刻在一根绳上的，干吗非在一棵树上吊死？你说你那肚子多有安全感啊，难免会有小姑娘爱上它。”

吃一堑，长一智的家宝再也不肯相信春天里的童话故事了，下定决心说：“冒险不如冒进，稳操胜券远比那万分之一的可能好。”

果然达到了预期，家宝收获了他的战利品，一个生得如小乔一般的姑娘出现在他的眼前。那姑娘刚满二十五岁，明眸皓齿，清新脱俗，不仅迷倒了家宝，就连一向对女人反应迟钝的我也开始变得脆弱敏感起来，男人也可以多愁善感，也可以变得像黛玉妹妹一样。

家宝取胜的法宝是将他过去发表在报刊上的诗作亮出来，以著名诗人自居。这姑娘走近家宝时，完全被假象蒙蔽，中了敌人的诡计。我想澄清一个事实，想旁敲侧击地拉她一把。家宝虽然肚子下去了，但那股劲儿却憋到了脖子和脸上，脸比之前更大，脖子比之前更粗。也许正是因为这种情形，姑娘才觉得他是奇人。这情况太令人意外，太扑朔迷离了！

我很着急，希望这姑娘别上当，但我又不能做得太明显，让家宝对我怀恨在心。我甚至趁家宝不注意冲那姑娘努嘴，那姑娘竟然以为是东西掉地上了。完了，我帮不了她。家宝不傻，看出来了，凑到我耳边小声说："你什么意思，你要是看不下去，请回。"家宝跟那姑娘相互留了联系方式，并约好了下一次见面的时间和地点。

家宝很开心，一扫多年来的阴霾。掐算一下时间，家宝的相亲会用了两个钟头。那姑娘离开后，家宝却坐在公园的石椅上起不来了，脸上的青筋绷起多高，汗往外淌，口中喘着粗气，冲不远处的我喊："老李，我快不行了。"我冲了过去，赶紧替他解开肚子上的白绫。

家宝真的成功了吗？我很怀疑，并拭目以待。

26. 空城计

“乳猪”这个词本意是刚出生不久的猪崽，在这帮无耻男中却有另一种解释：有着出众胸脯的漂亮女人。他们怀着仇富者的心理看待那些本不属于他们的“资产”。在他们的想象里，女人应该是他们的后花园，但表现出来的结果却往往是股市风投。这绝不是一个孤立存在的事件，在女人眼里，男人有可能是印钞机和牛马。社会和国家总在向着先进和空灵发展，直到每个人行走时都拥有迈着太空步的幸福感，“民族危亡”不复存在。几位中，我和家宝是诗人，杨小鱼自带女人缘，老姚则数十年如一日地磨刀霍霍向姑娘。

一日，老姚兴奋地跑来对我说：“她让我牵她的小嫩手了。”

她？女字旁的？简直让人难以置信。“是吗？那可千万别犹豫，果断地牵，大胆地牵，狠狠地牵，别手软。我们的原则是：生米做成熟饭，煮熟的鸭子想飞，在她屁股上打两眼按上钉子系上死扣，带着你一起飞！”我鼓励他。

老姚浑身的赘肉像挂满枝丫的果实，风一吹，朝着四面八方摇晃，一副五谷丰登的喜庆景象。这些年看着姑娘对着别的男人投怀送抱，他吞咽过口水，发过牢骚，骂过天，哭过地，但面对的现实依旧残酷。其实，我们对他也不是完全袖手旁观，也不是没有动手拯救，一六五的身高，一八〇的体重，这难度系数太高了。减肥，试过了，每减一次，体重增加二点五公斤。这是个雷区，说起来就让人心痛。婚姻市场绝非非洲草原，远比那残酷。婚姻的生态平衡一旦遭到破坏，损失将无法弥补，强者会变得更强，弱者会变得更弱。动物间的角斗有如一幅精致的画面：几只瘦弱的公狮跪在地上乞求恩施。家宝倒是有一个貌美如花的妹妹，但兄弟可以身先士卒，妹妹不可以出生入死。老姚身上的问题太多，没有一件让姑娘心动的绝活儿，蘑菇云头型，以及偷袭珍珠港后攻占至脸部的猪头肉，让人感觉一个人的成长是如此暴力与血腥，惨不忍睹！

家宝说："老姚西天取经修成正果了？"他似乎不相信老姚已经拉过姑娘的手这一事实。

老姚单身三十余载，我们怕他体内欲火攻心，郁结成疾，把人给烧毁了，便尽量帮助他，给他一些精神上的安慰。我们的努力却遭到他的严词拒绝。我们坚信他是要修正果。当然，他不会像唐玄奘那样真去往西天，而是坐在屋子里研究特殊人士获取女孩芳心的良方。这是一项科研，如果成功，其意义绝不亚于爱迪生对灯泡的发明。也许他会坐在小黑屋里研究一辈子，最后写成一本书留传后世，了此残生。但我们错了，事实并非如此。

家宝问："这靠谱吗？"他之所以这么问，都因之前有太多不靠谱的事情发生。

我说："请相信兄弟。"

如果说男人出发的动力来自某一个女人，这对于那些尚未走进婚姻殿堂的男人来说是成立的。男人以猎取女人芳心作为梦想的出发地，不丢人。当年叱咤疆场、杀敌无数的少年已不复当年之勇，眼前满目疮痍。这些年，我们的革命理想哪里去了？我们艰苦卓绝斗争的胜利曙光又在哪里？

兄弟们出生入死，打了这么些年的飞机，弹尽粮绝，十分悲壮！

这些年，兄弟们学会了一件事：空城计。要说这空城计玩得巧、玩得妙的，还得数人家杨小鱼，如鱼得水，游刃有余。家宝表示反对："他那叫趁火打劫。卑鄙无耻之极。"我退一步："向老姚学习吧，独守空房这么多年，多硬气的汉子！"

家宝进一步反对："那有多大的概率？机会主义害死人，有女人投怀送抱才是硬道理。追女人千万别玩空城计，自取其辱！"

家宝的话是有道理的，老姚毕竟只有一个。老姚可以敲木鱼，但我不能，他也不能。

家宝说："你爱的女人用胸膛捍卫过你的尊严吗？用她的乳汁喂养过你的辛酸吗？如果你配得上英雄的话！"

我是不是英雄我不知道，但我可以把我所有的土地和城池都献出去，以表忠心。我愿意为了自己心爱的女人抛头颅、洒热血，置之死地而后生。

老姚终于修成正果，他可以心安理得地通过女人的胸膛捍卫自己的尊严，通过女人的乳汁洗刷他的屈辱。

千帆竞发，枯木逢春。还有谁可以横眉冷对、笑傲江湖？

27. 对姑娘的刚性需求

我从来没见过这种人，世间罕有，不知道去拉姑娘的手，不知道怎么跟姑娘接吻，不知道在合适的氛围、恰当的时间去解姑娘的内衣。老姚说："你就是一古代人。"家宝说："从土里抠出一个三千年以上的都比你强！"我说："这孙子简直就是人间一极品，姑娘都递上双唇了，他居然玩消失！姑娘心都碎了，简直就不是人！"

家宝果断做出结论："这小子是不是心理有问题？要么就是性无能！"

这种问题不好回答，但这种奇特的物种人间罕有，值得研究。家宝的怀疑是正确的，我也表示不解，希望众人能团结协作，将这斯现场按倒查验。但我没说出口，兄弟一场不容易，那也是千年修得的缘分，别做得太恶毒，真要是有什么见不得人的事儿让我等给揭穿了——不必如此赶尽杀绝吧！给人留条活路。男人活到这份儿上，对女人那是刚性需求啊！这斯坐怀不乱，一定是有原因的。男人需要女人，二者在一起产生的化学反应能点亮多少盏电灯泡啊！能为国家节约能源做出多大的贡献！这是人文社会主义建设的重要组成部分，不丢人。家宝说他有办法治这男的，不用我等操心。我很惊讶，问："你不会趁他上厕所行偷窥之能事吧？"

我觉得这事不能操之过急，千万别狗急跳墙闹出人命。我想替那哥们儿求求情，却遭到家宝的质问："那天跟你一起的姑娘是谁？"

"哪天？"

"你小子经常有？哪天都不记得了？"

"哦，上次聚会，我们公司小孟。"

"新相好？"

"什么叫新相好，吃个饭而已。"

"能介绍我认识一下吗？"

"收回你的魔爪吧，人家刚毕业，才来的公司，别吓坏小姑娘。"

"很纯洁地了解一下，不谈感情。"

我请客那天，家宝比谁去得都早。我是最后一个到的。家宝一脸的疑惑不解："买单的人怎么这工夫才到？"

我忙解释："办证呢。不好意思，迟到了。"

"什么证？"

"残疾证。"

家宝不把我抵上墙不善罢甘休："哪儿残了？下面？什么程度，还管用吗？"

一旁的小孟笑得合不拢嘴。

这哥们儿开玩笑也不注意场合，有这么当着姑娘的面开这种玩笑的吗？吃饭的时候，小孟还时不时地扑哧一声乐出来。我时不时白家宝一眼。家宝说："你那腿什么时候是一站啊，你想要多少，开个价，别没完没了地折磨人。"

我气不打一处来："那点钱还不够我医药费的。哥们儿算是栽在这件事上了，老婆还没娶呢，腿先折了。”

“你这证都领了，不是为了逼钱？你这种人我可见得多了，社会风气就是让你们给败坏的。”

“当时哥们儿躺在医院手术台上下不来，委托你们帮我把这事给办了，你们两万块钱就给结了案，还在责任认定书上写事故责任六四开，对方四，我六。有这么替朋友办事的吗？我算是看明白了，对方来办事的是一美女，你们的心就压不住跳了，置兄弟的危亡于不顾，拿我的残腿向女人献殷勤！”

家宝也觉得当初这事办的有些对不住我，说：“那两天确实有些脑子不清醒，事办砸了。谁知道这种事也玩计谋，真是人生处处不阴谋啊！尤其是老姚，明知道是美人计，还梗着脖子往里钻。对不住兄弟了。”说着，冲我一鞠躬。他又问：“那你这还办证做什么用？”

我摸了摸欲哭无泪的两眼，说：“这不是想国家来救济嘛！等将来老无所依时，国家开恩，发点救济粮，也比在小黑屋里活活饿死强啊！”

后来的几天，小孟姑娘见着我就乐，我真担心那天家宝开的一个玩笑把人家好端端的一个姑娘给弄神经了。小孟在走廊的尽头拦住我问：“叔叔，你朋友说的是真的吗？”

这姑娘九〇后，不害臊，这话也能问得出口。我说：“好事无人问，坏事传千里。可千万别乱说，哪有的事，瞎扯淡。”

“可我觉得你朋友不像是撒谎。”

这小姑娘，脸皮还真厚，没完没了的。难道真让我将裤子脱下来给她看不成！搞得那几天我也神经似的，见着那姑娘就躲。

家宝那几天特闲，专找我的麻烦：“跟孟姑娘进展得怎么样了？”

我很吃惊，他为什么会有这种想法，我有什么把柄落在他手里了吗？我说：“别胡说，人家还是不谙世事的小姑娘呢。”

“不谙世事？说你自己的吧。”

“这怎么说起我来了，你监督那哥们儿，事情办得怎么样了？”

“你别管，先把你这问题解决了。要是喜欢，也别端着缩着了，也老大不小了，机会可是过一天少一天。这姑娘人品不错，看得出来也不讨厌你。”

“你什么意思啊？我可是清清白白的，连人家的手都没摸过。”

“娶回来有什么不好？既给你生儿育女，又替你养老送终。有人知寒问暖的人生比什么不强！”家宝说完，看着我，又问：“你是没摸过姑娘还是没摸过孟姑娘？”

又一天，我跟小孟一道出公司大门，迎面遇上闲得蛋疼的家宝。家宝冲我大喊：“老李，这下让我撞见了吧。”

我本来还想反挖苦家宝一番，回头却见小孟满脸通红，不肯再往前走。这是此地无银三百两啊！这丫头的脸皮平时也没见这么薄呀！这是成心让我背黑锅啊！我说：“家宝，那哥们儿的事情你进展得怎么样了？别跟个催命鬼似的成天跟着我了，搞得大家都很神经！”

“老李，这些年你什么都没学会，就学会揣着明白装糊涂了。多勇敢的小姑娘啊！你这不是糟蹋粮食吗？全国几千万血气方刚的小伙儿正闹饥荒呢！”

幸亏小孟已经走开，否则这得产生多大的不良影响啊！我还十恶不赦了。我差一点没给家宝跪下，带着哭腔说：“求你了，别再跟着我，去把那哥们儿的事解决了吧，这得积多大的德，多大的恩情！他祖宗十八代都得感谢你！”

两天之后，家宝给我讲了一个故事，我嘴都笑歪了。家宝说那么长的夜路，足足走了两个钟头，黑灯瞎火的，连人家的手都没敢摸。姑娘实在是受不了，说要方便，他挺起胸膛给姑娘把风。

我说：“这种事还是少往外说，给那哥们儿留点面子。”

家宝却越说越来劲：“姑娘说她嘴疼，张开嘴让他看。”

“然后呢？”

“没有然后。”

“姑娘说乳罩买小了，应该是C。”

“然后呢？”

“他去替人家换了。”

“然后呢？”

“没有然后。”

“这也太过分了！还是人吗？”

“你也觉得过分？”

“那当然。”我看了一眼义愤填膺的家宝，试探着问：“这究竟是姑娘在耍流氓，还是那哥们儿在耍流氓？”

“这还用问吗？把人家姑娘都快折腾成神经了！”

家宝替那姑娘愤愤不平，可以理解。这哥们儿确实有些窝囊。但什么事都得有个过程。我说：“这种事别都说出去，以后让那哥们儿多难做人啊！咱替他收着点儿。”我觉得身为兄弟，即便不能出生入死，也不要赶尽杀绝。

有人说这哥们儿是我。我不承认。

28. 像圣母玛利亚一样怀孕

在我很小的时候，村里的老太爷告诉我，孩子是女人在茅坑里拉屎拉出来的，而且女人必须在结婚那一天喝下带有男人撒过尿的糖水才能怀孕。这让我感到特别新奇。于是村里有人结婚，我会暗中紧盯新郎，看他是否朝一个碗里撒尿。不管新郎撒没撒尿，我和大溪撒了，从我妈的糖罐里取出两勺白糖放在碗里，再倒上水化开。这件事是我跟大溪合伙干的，大溪跟我有同样的好奇。大溪将那碗带有尿液的糖水偷偷地端到新娘的橱柜里。果然，在三个月之后，新娘的肚子挺起来了。我在我妈面前大气都不敢出，觉得自己闯祸了。

如今老太爷早已经不在人世了，但他在很多年前告诉我的这件事还深深存在于我的脑子里，恍惚之间，似乎女人还在喝带有男人尿液的糖水。跟姑娘相处，不发生关系也能使她怀孕——若干年后，我将老太爷说过的故事进行了发挥，进一步光大。

来公司半年的小孟一直跟着我，这让我很有顾虑，我怕没控制住，做出什么有伤风化的事情来。当年我走出山村、远赴他乡求学，我妈怕我学坏，像有些年轻人那样对着姑娘耍流氓。毕竟是从农村走出来的，传统观念特别强，看见因为耍流氓蹲监狱的人总是有些紧张，总担心自己的手不听使唤，冲出去干出什么伤风败俗的事情来。时间在不知不觉间溜走，曾经喜欢过自己的姑娘伤心欲绝地挽起另一个男人的胳膊，还不忘回过头来义愤填膺地戳我一眼，目光里写着两个字：变态！

小孟约我一道去幽雅屋吃晚餐，我临时有事，把这件事给忘了。等我忙完了事，发现肚子支撑不住时，突然想到和小孟约好的事情。我匆匆赶过去，这姑娘竟然还形单影只地守在幽雅屋门口，失魂落魄地噘着嘴。我挺感动的，以前没觉得什么，没想到这小姑娘还挺有毅力的，并不像我想象得那样脆弱和不堪一击。我一直有一个事弄不明白，女孩喜欢一个人，宁愿用尽心思、想出各种花招去吸引对方的注意，也不愿意主动说出来。就这事，我向家宝请教过，他同样对我说出两个字：变态。

公司在政府礼堂操办一场盛大的联谊活动，小孟在我之前到达，突然从某个角落里冒出来。其实就算她不冒出来，我也能在一大群人中一眼把她搜刮出来。我不知道从什么时候练就了这项特异功能，在一群个头差不多、穿着差不多、头挨着头、身贴着身的台下，我能一眼搜寻到小孟的眼睛、鼻子、嘴唇、胸脯。

为了创作，我找了一个偏僻的地方租了一间小屋，像一个与世隔绝的监狱，这时候谁要是前来送牢饭，那将是特别幸福的一件事情。在小屋里待久了，有些透不过气，我打开屋门刚呼吸两口，就见小孟站在对面的屋子里和我隔窗相望。在那个狭长的走道里，我给她讲了一个故事，我问她：“耶稣是怎么诞生的？”

“是圣母玛利亚生的呀。”她不解地看着我。

“是圣父耶和华对着玛利亚拍了一个灵魂到她的体内，她就怀孕了。”那会儿，我真是这么想的，看着对面那姑娘冲我笑，男人的动物性比女人强烈和脆弱。

那姑娘抬脸斜视我：“哦？你是想通过这种方式促使我怀孕吗？”

矜持在当今是一个多么珍贵的品质，像珍稀物种一样濒临灭绝。我承认我的这个故事讲得有多失败，反而让自己陷入被动。

“男人不结婚有两种原因，一或二。你是一？还是二？”

写了这么多年的诗，我的逻辑思维能力越来越差劲，稍不留神就落入敌人的圈套。我过去说的那些话极有可能成为我日后面对她的陷阱。悲哀呀！

家宝得知情况后极尽所能地挖苦：“你这一生拍了几百个灵魂？总共让多少个姑娘怀孕？”

我之所以有这样的奇特想法，是小时候受到老太爷说给我听的那个故事的影响，还有我越来越差劲的脑力，它们越来越不按套路出牌了。我一直认为天上是不会掉馅饼的，但小孟却是我遇到过的又大又香甜的馅饼，那么多只脑袋顶在烈日之下，唯独砸在我的脑袋上，这究竟是天意还是天谴呢？

小孟洗澡时水龙头突然坏了，她在卫生间大声叫我，让我过去帮忙。我进去的时候，看见那姑娘光着身子背对着我。我比她还紧张，脑子一片空白。那个意外事件没有将我和她的距离拉近，整个过程并没有像电影里放的那样惊险刺激。这个事件终于由意外转为不协调。本来是一件拉近彼此、创造威力、造福于世界和平并福泽后世的好事，却因为我不恰当的举动取得了适得其反的效果。事后自我反省，我没有发现自己有错，我不能乘人之危，死顶硬扛方显英雄本色。

这件事之后，我在路口等着小孟，对她表现出无比的谦卑，希望能够得到她的原谅。不用脑子想也能想到这是一场阴谋，她完全可以在我到来之前逃离，但她没有。小孟用鄙视的目光看着我，用她高傲的姿态告诉我，她瞧不起我。

29. 婚前备货

一个男人三十几年没碰过女人，他不是神，他有欲望，他对女人的刚性需求如小溪流水潺潺不断、连绵不绝。这么多年生拉硬扯连掐带拧，他没有染性病，没有得艾滋，没有进监狱，这得需要多么大的勇气和毅力才能做到！其过程一定是惊心动魄险象环生的。

“生米做成熟饭”这句爱情术语放在今天仍具有其现实意义。很多人都能熟练运用，但我和老姚是个特例。和这个与时俱进的时代相比，我严重落伍，老姚则显得格格不入。我和老姚的唯一区别在于，我是有女孩前来追求的，老姚却独守空房几十载。

这些年，我们一直在努力，一刻也不敢停留，女人是我们前进的动力。我们在为最基本的生存权利奋斗，相对于别的同龄人来说，凄惨了点儿。老百姓重视婚姻，政府重视婚姻，结婚对拉动消费、推动国民经济持续稳定健康发展发挥了重大作用。在这座不大的城市里，如果每天有几百对新人走进婚姻殿堂，GDP 想偷懒赖着不走都不行。

老姚坐不住了，他这是要为国捐躯。三十多年，按照中国的传统，早该媳妇熬成婆了。老姚熬成了中猪，迟到的新郎官，获得了全新的生命体验。但老姚满脸的疲态又让我们感到我们的年龄跟今天要谈的话题应该更显沉重，甚至可以用沉痛来表达。上帝，请赐予我们力量，让我们做一个不老的男人吧！吃了太多的苦，经历了九九八十一难，今天老姚为国家做贡献了，我们应该怀着崇敬的心情向他表达敬意。

当然，我们不希望看到煮熟的鸭子也能飞的现实版寓言。

老姚一脸的天真无邪。据说婚前恐惧症最直接的表现就是假正经，一切归零，什么都不懂，无比清纯。对于女人来说，婚姻是圣洁的殿堂，里面有水晶鞋，也有美丽的迷宫。而男人进入迷宫有两个童话在等着他，每一个童话里都有一口锅，一口锅里放着生米，一口锅里放着熟鸭，无论是生米还是熟鸭，都是经过反复实践，经得起历史检验的真理。

家宝哈哈大笑，说："当然咯，活在童话里也是一种美嘛，我们不介意变成那七个小矮人。"

我也说："老姚，咱们是兄弟，到任何时候，我们都会保护你的。如果你受到伤害，或是遭遇什么不测，千万说出来。"

我觉得这调子被我和家宝抬高了，老姚有些扛不住，紧咬双唇，一副"杀头不要紧、只要主义真"的率真模样。

老姚的宁死不屈让我和家宝很失望，心说：这孙子不会是得了便宜还卖乖吧？

"生米做成熟饭，你是不会？不敢？还是害怕？"

"不敢。"老姚终于说出实话。

家宝一拍胸脯："这事包在兄弟身上。"

咱们应该成人之美，而不是逼良为娼。老姚这处男身份一日不破，他的窝囊男人形象就一日得不到改善。我跟家宝的观点有分歧，这年头能保持处男身份几十年如一日，这种骨灰级英烈绝对能入选教科书了。这无异于用胸口堵住敌人枪眼和舍生取义炸碉堡，死扛硬顶，直至最后一息。

老姚一直都没闲着，做足了功课，等着这一天的到来。翻开他的抽屉——两性用品一应俱全，房间弥漫着一股特殊的香味。我们在感叹和震惊的同时，也在想：这大概够他一生为之奋斗的吧。事实证明，老姚身在黑屋所做的一切都是值得的，那些过去嘲讽过他的人，今天完全可以像当初许诺的那样用手指抠出自己的眼珠子了。

有生之年，我们等到了这一天的到来，内心很不平静。

30. 两种死法

前一日从网络上看到某高校大学女生因迷恋网购将两年的学费花光后，感觉没脸面对父母，选择深夜从宿舍楼顶跳下结束生命。还有一个女生高考只差六分达本科线，也选择了轻生。再往前看，大学生宿舍集体自杀者有之。让人悔恨，让人痛心，却无法弥补。后来网上又传来一则消息，一个女大学生欲寻死从三楼跳下，被挂在树上，生还后痛哭不已，据说再也没有产生过轻生的念头，而且生活的态度十分积极。综观这些寻求解脱的年轻人，往往只是为了某些在别人看来并不能影响其一生的事件，一念之差，做出让亲人痛不欲生的事情。我想如果他们能重新活一次，他们一定会后悔当初的那个决定，一定会感到自己的幼稚可笑。

生，是一次选择，给自己一次感知人生冷暖、享受人间真情的机会。每一个人的出现都是一个奇迹。请予以珍惜和尊重。

我朋友昌荣是一个倔强、脾气古怪的年轻人。他很勇敢，什么都不怕，只怕一件事：死。他想去当兵报效国家，在体检时被拒绝了。他去跟更年轻的人一起拼杀公务员名额，面对百分之九十几的淘汰率惨遭淘汰。他想去做生意，又无法适应商场上的笑里藏刀、尔虞我诈。唯一能做的就是写诗，写了十年的诗，诗艺倒是精进不少，人却越写越神经。昌荣一边写诗一边在嘴里叨念：“我把青春献给你，换回走路打飘飘！”我很同情他，这么优秀的一个人，写诗写栽了。由此，我感叹，选择事业要选择对口的，否则死了都没人知道。昌荣真就死了，让诗歌把他害死了。他躺在黑屋里不能动，说是得了脑癌。我说：“凭什么呀？这么敬业的一个人，对人类文明做出多大贡献啊，完了还不收一分钱的报酬，还要受这折磨！天理难容啊！”

昌荣惨淡一笑：“这都是命。”

我说：“你拯救不了世界。”

这回他终于听进去了，说：“我以为我能拯救世界。”

读书那会儿，昌荣一直都是好学生，成绩好，人品也好。在那么艰苦的条件下，都活得皮包骨头了，他还不想死，还要受活罪。他说：“我不想死，我想从头再来。”

三十来岁，从头再来不是没有可能的。当初我就劝他别丢了工作，他听不进去。人不参与社会是会退化的，像只常年被关在笼子里的鸟，再放出来时已经不会飞了。我说：“谁还没有一死啊！也别太难过了。”

昌荣说：“不，我想看见你们，想感知到你们。我是多么热爱人类啊，多么热爱生活！关键是，我不了解死亡啊！”

这话我信，他确实是一个热爱生、害怕死的人。我记得他一直去医院做检查的，查胃查肺查膀胱，唯独把脑子给忽视了，问题恰恰就出在脑子上。他每年都省吃俭用去医院做体检，白出了钱。昌荣两眼充满期待地看着我，问：“还有机会吗？”

“没有了，医生都判你死刑了。”

我也弄不明白，那会儿我一直在往死里劝他，难道我是看不下去他受的这份活罪？但昌荣却死乞白赖地活着，都到了这步田地了，他还如此坚决，一定有什么我们看不见的让他活下去的理由深刻存在着。

“老李，我还没结过婚，还没有碰过女人。”

这个理由够充分，一个男人如果没有结过婚，说白了没有碰过女人，他这男人也就白活了。就算他用无比期待的眼光巴望着我，我也帮不了他。他都没几日活头了，病得没个人样了，身上还没二两肉，哪个女人见着他不倒吸一口凉气，谁会因为同情脱光了衣服跟他轰轰烈烈地来一场？不可能。这个世上再有爱心的人也不可能不顾自己的性命。别说他现在这副德行，就是往前一个月，他还能自如行走，也很难找到哪个女人来投怀送抱。

后来，为了让昌荣走得安心，我真的去寻找有爱心的女士，哪怕就让他看着她，摸一下她的手也好，至少让他感受一下女人是真实存在的，并不像他写在诗中的那般虚幻缥缈。像昌荣这种情况，估计是没有哪个女人肯为他“献身”的，哪怕是过一下眼瘾也会令人唾弃。他能有这种想法就会让人感觉他死有余辜。后来，一位女诗友站了出来，她的胆气和豪气令人刮目相看。女诗友将我等赶了出来，将房门反锁。按我原来的设想，她最多站在他面前，让他拉拉手，然后昌荣也就了了心愿，死得瞑目了。房门开时，昌荣已经去了。我很吃惊，问：“怎么连个临别遗言也没留下？”就见一旁的女诗友把最后一件外衣往身上穿。我心想昌荣不会是看见了梦中之物，一激动，导致一口气上不来呜呼了吧！这么悲催的一个人，死得却如此之滑稽!

不管怎么说，那位女诗友在这件事情上都是值得称道的。她摒弃了那些所谓的道德，而真正地人性了一把。不能不让人感叹，这个世界所有事物都是因为人的存在而变得精彩，如果没有人的存在，所有一切都只是石头一块，毫无生气，没有价值。

昌荣走了，作为一名优秀的诗人，他原本可以走得更体面一点，或许他可以很诗意地离开。其实我替他想好了一种死亡的方式，弄一条小船坐在上面，划至河心，突然翻了。但他却选择了一种特别庸俗的死法，让人感叹，他终究还是没能抵挡住世俗的诱惑。但在我的心里，还是更愿意相信他划着小船在河心翻船，落水而亡。

三十二岁的昌荣和那些网络传说中的学生一样，都是一张纯洁的白纸，刚刚铺开，而人世早已经为他们写满了诱惑。唯一的不同是他们选择了完全不同的方向和路径。昌荣在坚持了很多年的诗意之后，在最后关头选择世俗，颇值得深思。经过慎重思考，我觉得他的选择是对的，他不能太孤傲，不通人情。他在人性的选择上选择了回归，选择了尊重，他没有把人类带向灾难和灭亡，他的死是值得肯定的、英明的。

31.人生的三重境界

一只鸟在飞行中突然掉落地上，死了。它的死亡方式令人震撼。

最近我的耳边老有一种声音，是一群鸟在飞。我很自然地将此与自己将至的老迈联系在一起：我老了该怎么办？这是我从来都没有遇到过的问题，但我相信这不是一个虚假的问题，很快就会得以实现——我在某一个清晨醒来，突然发现自己头发稀疏，牙已掉光，全身上下皮质疏松。我将我看到的情景告诉家宝，他沉默半分钟，回我："你心态老了。"

前几年，我妈说："都三十岁的人了，还像个孩子！"我不以为然。几年过去，我突然有种顾首不顾尾、手忙脚乱的感觉。与此同时，我发现自己的鬓角出现了白发，这是一个多么危险的信号！记得小时候在作文里写父母时常用的一句话是"生我养我的父亲母亲已经两鬓斑白"，没想到这种事情很快就在自己身上发生。是的，当白发像癌细胞一样开始占领自己的身体时，这种变化是革命性的，似乎正在宣布一个时代的结束，另一个我不愿意看到的时代来临。关乎个人前途命运的又一波风潮如此强烈地铺陈在眼前，我该如何进退？

我不同意家宝的说法，反对说："什么叫我已经老了，我还不到四十呢。千万别说我憔悴，我的眼睛雪亮，看人一点都不模糊。'老'这个字不会轻易就降临到我的头上。"

家宝就爱抬杠认死理，这种无伤大雅、不会危及生命安全的事情也要据理力争："你为什么要去和那些小年轻比？这是生命运动的规律，你在担心什么呢？你在害怕什么呢？"

其实我并不是害怕，我只是感到心境有点空落，有点悲伤而已。

"猪的一生分为三个阶段，仔猪、中猪和肥猪。我们已经是中猪了，这是不争的事实，也是一个全新的开始。我们离泥土更近一步，那里的一切将会变得更加亲切和可爱。"

中猪？这是一个多么险恶的用词，简直是别有用心！

"岁月就是一把杀猪刀，有些事情你可以不接受，但有些事情你必须接受并面对。你期待自己是一头三头六臂的猪，你可以去做梦，但这是不现实的。"

爱抬杠的家宝令人深恶痛绝，他绝不是我的一面镜子，而是我的一个梦魇和魔咒。在面对时间时，他同样没有主动权，只是一味地跟在众生之后盲目地奔跑。我承认我的心虚，因为我虚度了光阴，这是不可原谅的。这仅仅是一个开始，当第一次有人对着你说"你老了"时，有人开始放松心情地称呼你为叔叔，而不再是哥哥或小李。尽管你装嫩的功夫一流，但也难压眼角的沧桑，或许这只能成为对方面对你不知所措、产生迷茫的一种借口。小孟刚到公司称我为叔叔，不久之后又直呼姓名，最后把姓去掉。这就像股市呈现出的虚假繁荣，众人被一种假象迷惑，暂时掩盖住内心的怯懦和惶恐。人们往往关心眼睛看见的事物，而隐性的常常被他们忽视，并以此编织出未来的景象。

我试图用自己的经验去教训和说服那些年轻人，让他们安心工作，努力进取，尊重父母，孝敬老人。或许是被生活所迫，一直行走在路上，来不及思考自己老了时的情景，心无法沉淀。世间万象，有几个是真正发自内心的感动？有几个是发自肺腑的真声？打着谎言的庇护伞在挣扎中度过真实一生的人俯拾皆是。在尊重生命和感恩生命的道路上，我们越行越远，仅仅做到了满足心理和生理的需求，缺乏的是对生命真实的关怀与尊重。当全人类都在为自己的堕落寻找借口时，全民悲哀的时代已经来临。

能够和我直面讨论这个问题的只有家宝，他的理直气壮让我感到他的无知，同时也感受到自己内心的孱弱与卑微。二十年前我的心就开始疼痛了，到今天更像一个病入膏肓的人。这是一种病态的美，像黛玉一样，我们得的是同一种病。如果把生命的境界分成三个层次，第一层是“乐”，第二层是“苦”，第三层还是“乐”。第一层的“乐”是普罗大众为衣食住行，为过上好日子整日奔忙，直至死亡。第二层的“苦”好比黛玉葬花，怜爱生命，却看透了世界，厌倦了生活，变得消极懈怠。这个世上像黛玉式的人并不少见，他们不知道苦的后面其实还是乐，也就是第三层的“乐”，这是返璞归真后的回归，是亲近泥土后的可爱，是随心随性的真。一个国家，如果都是黛玉式的国民，国家是无法再发展的，并且会被拖垮。要么做第一层的乐，无知者无畏；要么做第三层的乐，但很少有人能达到这种境界。第二层的苦太累人了。那些自以为是的诗人作家，用“苦”拖累国家，误导人民。人类的发展会经历不同的阶段，从精神层面上讲，他们也要经历“苦”的阶段。

我没有做到苦之后的乐，或许人类的进程总是伴着苦与乐并行的，而究竟是“苦”还是“乐”，跟国家的引导和大智慧人的启迪是有关的，也跟人类的局限和发展规律密不可分。

家宝说我太像一个诗人。我接受这样的批评，就像家宝还停留在第一层“乐”的阶段一样，这与他的学识、经历和年龄似乎都不相配。在时间的悟道上，我确实比他高明。家宝的信条是：做物质的情人比做精神的信徒快乐。渴望浮华，讨厌孤独，注定他成不了黛玉式的国民。而我一直在人类“苦”与“乐”的心灵之间捕捉我希望得到的东西。

我母亲不到五十岁头发就全白了，但她将头发染成了黑色。因此这么多年我看见的都是她的一头黑发。有一天，我从城里回家，母亲身体不适，有二十天没染发了，猛看见我，惊慌地转过身去，急匆匆从犄角旮旯找出她的那套染发工具。我说我可以帮她，却遭到她的拒绝。她把头发染好，重新梳理，才出来见我，和我说话。母亲为什么坚持染发，她是想让我感到生活没有改变，还像从前一样。她是在隐瞒事实，以此来鼓励和安慰我。

母亲看着我从农村走向城市，认为这是我的本事。但自从我走进城市，其实就已经很难再回到她的身边了。后来，我想一想，我每次回家都一遍又一遍地刮胡须，比在城里还精心，难道也是为了让母亲看见我还是过去的那个我，还没有变？没想到在人生的“嫩”途上，我们母子的心贴得如此之近！

在这里，嫩不仅是好看，还有着远比这更重要的内涵。这是苦，也是乐。

32. 永远不知好歹地活着

永远年轻，永远装嫩，永远不知好歹，永远热泪盈眶。

这是我跟我妈之间情感的生动写照，在我已知和未知的人生路上指引着我前行。我是从大山里走出来的，要不是遇上改革开放，我跟我妈一样还待在山里。我妈老了，体力明显不如以往，反而追求起时尚来。我妈染发十多年，从她五十岁开始，直到今天。我一直没弄懂我妈的这种做法，其实我觉得白发也挺好看的，她干吗这么执迷不悟看不开呢？

我妈这么多年来最关心的还是我的个人问题，问：“你在外面到底有没有谈到对象？”一个“到”字，表露了我妈的心迹，她担心我的年龄受到女孩的歧视，嫌弃我年龄大了。我说：“放心吧，一定会给您找个如花似玉的姑娘带回来。”我妈两眼放光，说：“什么时候带回来，让我见一见。”

话已经说出去，我妈追着不放。我上哪儿给她找这么一个姑娘呢？这些年我妈没少跟我讨教我的婚事，我也觉得有些对不住她，老这么漂着，老这么没心没肺地活着，让她老人家情何以堪。她这么多年来染发染得很辛苦，就是为了不吓到我，让我觉得一切照旧。

那天，小孟蹑手蹑脚地走到我身后，突然放出声来，想吓到我。没那么容易，我眼观六路，耳听八面，可没有她那么单纯幼稚。我装出一副受到惊吓的样子，她信以为真，以为自己达到目的，获得成功，乐得不行。小孟说："老李，什么时候带我去你家玩？"

我一阵激动，正愁找不到这么一个角色带回去宽慰我妈这么多年来饱经风霜的心呢！我说："好呀，你什么时候想去，我一定带你去。"

小孟没想到我这么爽快就答应了，有点不像是我。我们一拍即合，颇有点狼狈为奸的味道。

小孟跟我一样也来自农村，谈不上特别漂亮，小清新，气质型女孩。就小孟的漂亮，我和家宝讨论过，家宝也认为小孟是那种不算特别漂亮，但是很有气质的女孩。我和家宝难得达成意见统一。两个老男人背地里谈论一个女孩的长相，总有些见不得光的感觉。但这比任何一个话题又都具有吸引力，引人入胜，滔滔不绝。那天小孟当着我的面问我对她的长相满不满意，我以为她探听到我和家宝谈话的内容，是特地来向我"讨教"的。

我不会回答她。但对于她的外表，我是认可的。我曾经对家宝说过，我人生的信仰之一就是保护像小孟这样的小动物，让她们自由自在，与世界和谐相处。听起来有些虚伪，但我真的这么想过。

我习惯于早起写作，因此去公司也是最早的。整个办公大楼里静悄悄的，我很喜欢这种难得的安静。冷不丁发现小孟很神奇地出现在离我不远的阳台上，单衣薄衫，青春靓丽，像一只孔雀似的，展开四肢，凸显轻盈优美的体态。我知道她这是在吸引我。她的歌声不敢恭维，在众人面前我也从未听她唱过歌，但她却趁着只有我在时哼着曲儿，这让我很感动，尽管我觉得那声音比一只下蛋的母鸡强不了多少。这很正常，上帝不能把所有的好处都让一个人独占，也得给别人留点机会。

不知从什么时候，公司里突然出现一种声音，认为小孟非我莫属。一位男同事当众说："老李，我觉得小孟可以做你的姐姐。"小孟很隆重地接下了这个称谓，并且立刻加以运用。

我带小孟到我家。我妈出来时头上扣着一顶帽子，帽子小，头大，显得有些格格不入。我估计她一定是白头发又出来了。我低声对我妈说："人，我可给您带回来了，您可得好好瞧瞧。"估计是我妈十年没见过这么水灵的姑娘了，半辈子都没这么激动过。

在来的路上，我画蛇添足地说我家种了樱花树，小孟兴奋得不行，竟然说那花是她的幸运之花。到我家时，她却没能发现樱花，便跑去向我妈讨教。我妈很神奇地编出一段瞎话："姑娘，樱花本来是有的，年前让他爸给砍了，说是挡住了咱家的风水。对不住啊。你要是喜欢，大娘来年再给你种一棵。"连我都甘拜下风，我妈眼观六路，耳听八面的功夫堪称一流，可惜她当了一辈子农民，屈才了。

我领着小孟走的时候，我妈一直跟着，那小翻皮帽死死地扣着脑门，感觉都快七窍生烟了。我妈那么执着，看着她辛苦的表情，我都想哭。

在回去的路上，小孟看出问题来了，问我："你带我回家，是不是让我扮演你媳妇骗你妈？"

我很诚实地回答："是。"

小孟说："欺骗老人，你不怕遭报应吗？"

我妈的身体最近一直不好，也许是真的老了，不堪重负了。我再回家时，她总在头上扣着那顶皮帽。她说：“我看小孟是一个不错的姑娘，她对你不坏。你可千万别挑人家的理。人家要是嫌弃你，那咱没办法。”

小孟自从那天去了我家之后，对我就神气起来，说：“弟，你生是我的人，死是我的鬼。”她竟使唤起我来。但我并没有因为她帮了我的忙而改变对她的看法。一切还如从前一样。她表示愤怒，或许这就叫“恨铁不成钢”吧，但我真的没办法坚强起来。

没几天，她又憋不住了，找到我没好气地说：“你信不信，我会突然怀孕。”

她这是在要挟我，如果我不冲她卑躬屈膝，不甘愿做她的奴隶，她会毫不客气地将我点化成石。我说：“我只不过看了你一眼而已。”导火线被点着了，但没爆，一直搁那儿燃烧。

我再回家时，我妈没再问我关于小孟的事，又重新打起十二分精神，甩掉捆绑在头上的皮帽，把头发染得漆黑。我说：“妈，干不动就别干了，休息吧。”

我越说，我妈干得越起劲，担起水桶，不以为然地说：“妈没老，精神着呢！”说完便大踏步地向前走去……

33.婚姻观

大鱼给我出了一道难题：相亲吃饭的时候不小心将喷嚏打进相亲对象的碗里怎么办？初次见面就出现这种情况，这万分之一概率都不到的事情竟然在大鱼身上发生，就好比大晴天会被雷劈死一样。我当时是这么对大鱼说的：如果你真心喜欢那个女孩，就去给她下跪，乞求原谅。我二舅爷爷快九十了，经历了这么多人生的风风雨雨也没有将喷嚏打进任何人的碗里。你可以贫穷而高傲地活着面对众生，但却不可以贫穷而高傲地将喷嚏打到别人的碗里。出了这种事，别人拒绝你在情理之中，很正常。

同时，也必须承认人与人之间是存在差异的，我和小孟之间不会存在类似的尴尬。我们偶然相遇，变得很熟，两人走在乡间的小路上，突然屎意盎然，钻进小树林行方便，却叫嚷着让我给她送纸巾。一个连拉屎撒尿都像是在打仗，而且是在打败仗的人，不能不令人感叹。她的生活给人留下许多可钻的空子，让人为她捏把汗。我和小孟之间的“爱情”看起来很美，却因为男主角是我而显得有几分落魄。借用小孟的一句话：落魄也是一种美。她由当初的不适渐渐转变为一个欣赏者，角色的转换使她不再彷徨。当然，她也没有准备跟我打持久战，她依旧在寻找各种突破的机会。她讨厌在爱情中浪费时间的人，那绝对是另一种形式的浪费生命，不可原谅。我和小孟是那层窗户纸没有捅破，表面上看无动于衷，内心里关系很不一般的同事。我突然不见了，她会立刻通过各种途径打听我的去向，第二天见到我时却装作不知道，故意问我去了哪里。

大鱼和那女孩保持了三年的非正常关系。所谓非正常，就是以恋人名义在一起，却未能以恋人名义行恋人之实。这种事发生在当今社会确实有点不正常。我告诫大鱼，婚姻就是去西天取经，能不能修成正果，看的就是你的毅力与决心。日久见人心，只有诚实才能长治久安，才能获得尊重与信任。大鱼的错误在于，当这个女孩认为自己是一只孔雀的时候，他总把她看成是一条鱼，总觉得自己应该是一只猫，而从未想过自己是否也应该做一只孔雀。大鱼做不了一只孔雀，他只能是一只猫，而且还是一只眼瞎耳背的猫，老鼠已经拐弯了，它还在走直线！大鱼对着一个女孩念了三年经，这是一个了不起的经历，铁杵都已经磨成针了！但他没有好好利用这笔人生的宝贵财富，人生的失败是在所难免的。但像大鱼这样将失败坚持三年的，还十分罕见。

这事过去不久，大鱼来问我，怎么才能获得女孩的芳心？可能是因为在我身边不乏像小孟这样甘于为我默默奉献的女孩，让他产生了误解。我觉得小孟对我产生好感有很多原因，她将未来想象得过于完美，但她并不真正了解我，婚姻并不只是表面看起来“喜欢”那么简单。

大鱼很快带了一个女孩回来。他用了恋爱中的闪电战术，将女孩骗上了床。我毫无疑虑地站在道德的一边，反对大鱼的草率和玩世不恭。大鱼被压抑了三年，走了极端，但愿能获得他想要的爱情。

过去那些一起混的穷哥们儿结了婚后就立马变了，伟大崇高的价值观变得庸俗不堪，对过去的坚守一击就碎，令人心寒。世道自在人心，人心出问题了，世道再怎么改变，心还能暖过来吗？当人们为利益而老死不相往来，当利益成为人类前进的主要动力时，人类社会还处在无比初级的阶段，是刚刚去了尾巴直起身子做人的阶段。婚姻也需要物质，需要利益，需要假象与诱惑，这又不是通过个人挣扎能摆脱的。那天，家宝喝多了，说他一直都觉得有一个爱他的姑娘在等着他，等着他来掀起她的红盖头，等着他来让她生儿育女。他之所以这么多年屹立不倒，是因为有这样一种精神在鼓舞着他。

两天之后，家宝醒过来，一拍我的肩膀说："兄弟，别再守株待兔了，别再将小孟这条鱼放生了。一把年纪了，难得有这么一个漂亮的姑娘为你守身。你应该放下架子，你应该知道怎么去巴结讨好一个姑娘，怎么去解她的内衣，去维护保养她。"

我想告诉家宝，大鱼也成功了，看起来或许是一件很不幸的事情。人类的三种境界，他们选择第一层的"乐"，无可厚非。三十几岁给你一个姑娘，你争取的不仅仅是拥有和她交配的权利，更应该懂得如何在她的生命中播种辉煌。婚姻不是鱼和猫，也不是孔雀、雄狮、公狗，不是你的个人事件，而是人类社会迈向文明的意志体现！

34. 文艺青年的网络时代

我有一位朋友，听说网上可以买到棺材，于是上淘宝网搜索，结果被骨灰盒寿衣广告狂轰了一个月。只要他打开网页，就会立刻在他眼前跳出骨灰盒、寿衣之类的广告推介信息。这还算是轻的，一次，另一哥们儿成心拿他开涮，在页面上搜索了“乳房”，转天再打开网页，便出现了丰乳器大战寿衣骨灰盒的壮观场面。他女友去他的房间很不幸地看到了这一幕，质问他还有这种嗜好，悲剧在那一刻发生……

这哥们儿霉运到了，走路屁打脚后跟。女友掰了，还可以再找。但声名狼藉了，想找回来，可不那么简单。他还年轻，人生路上犯点小错误在所难免，也是可以原谅的。就怕遇见那撞了南墙也不回头的，明知犯了错误还死不悔改。

家宝喝高了，有些变态的举动，惹恼了吧台小姐。性感不是别人的错，关键咱得矜持，不能把笑话给别人看。我一边掐着家宝平息吧台小姐的愤怒，一边想这究竟算不算是一种变态的表现。这么多年的闺中秘密，怎么出来时就变了味儿呢？男人的事儿太凶险，这些涉世未深的女子是不能够理解的。饱汉不知饿汉饥，那些吃饱喝足、夜夜笙歌者站着说话不嫌腰疼。人到七十古来稀，还有一半的路程呢，谁都难说半道上会不会杀出个女程咬金来。

小孟趁我不在，到我的办公桌上检查我的电脑，打开我的所有收藏，一无所获。她一脸茫然地问我："你是不是变态？"

我下意识地朝电脑上看去，以为自己有什么把柄落在她的手里。一把年纪了，还能把自己保持在一尘不染的范儿上，就像每天被玻璃罩子罩着，实属不易。人常说"手中有粮，心中不慌"，这世道男人不好当，剩男更危险。那位搜索"乳房"的哥们儿，每日都是靠着毅力入睡，每一次都希望长眠不醒。

信息时代，诱惑太多，成家的和没成家的男男女女都要时刻把安全放在第一位。这绝不是耸人听闻，想当年，和我住一个单元的一对小情侣，每天晚上的动静太大，将楼上两个血气方刚的小伙折磨得彻夜难眠，最终没能熬住，竟在地板上凿开一个小孔，天天蹲守在洞口边上观战。一次，我因忘带钥匙借道从两兄弟屋子过，翻阳台爬窗户，不小心看见了不该看的一幕……

我犹豫再三，还是将这件事对楼下的小两口说了。我倒没把楼上的两个小伙出卖，而是让小两口晚上睡觉时别把声弄得太大，影响到别人，辛苦一天，晚上还睡不好觉，第二天怎么去上班？我的善意提醒却并不起作用，黑夜来袭，尖叫声震得耳膜都疼。我忍无可忍，第二天把那对小情侣叫到跟前，直言："你们结婚了吗？不是非法同居吧？别弄这么大动静，影响到别人了。"我这也算是理由吗？话说完了，自己都觉得很没面子。倒是小两口一副虔诚的态度向我赔礼道歉："大哥，不好意思，打扰您休息了，下回一定注意。"说完，还向我深鞠一躬。

这两个孩子倒是心安理得，表面装出一副悔改的样子，出了这种事，一点也不觉得脸红。我说：“我倒无所谓，你正上方的两兄弟熬过了多少个不眠之夜，你知道吗？”

在楼上的两兄弟被派出所抓起来之前，我也忠告过他们，不要把事情做得太过，这种事会上瘾的，终有一天会有意想不到的事情发生。两人都不听劝，结果酿成了恶果。

这是很多人都不愿意看到的结果。据说两兄弟是某大学文学院的大四学生，文艺青年。尽管我不愿意看见这样的事情发生在自己小兄弟身上，但面对法律，他们是有罪的。

小孟说：“同学，你拒绝女生，你是有罪的。”

家宝更直接：“三十岁不结婚就是在犯罪。四十岁不结婚就该枪毙了。”

小孟和家宝说得都有道理。毕竟时光匆匆，一去不复返，文艺青年也有老的时候，也有牙齿掉光、头发落光的时候！

35. 守活寡

小孟在别人面前炫耀我给她买的假铂金戒指。她尾随我一道去超市，死乞白赖地拉着我去首饰柜前，处心积虑地说："你给女孩买过戒指吗？你敢吗？"我顺嘴回了一句："没什么敢不敢的。"我压根儿没当回事，说完就往前走了。小孟却在后面大声说："胆小鬼！"我只能装作没听见。

小孟却追上来。我糊里糊涂地看着她，伸手装模作样地在身上一顿摸。小孟看出我的心思，早有准备，从自己的皮包里拿出一沓钞票来，说："我借给你。"当时那么多双陌生的眼睛盯着她看，她毫无畏惧。最后问题的解决办法是——我在地摊上花了二十块钱买了只假铂金戒指送给她。她想跟我划清界限，老死不相往来。

我这么一个不着调、是非不分的准中年男人，她有必要爱我爱得死去活来、荡气回肠吗？家宝说："你犯了强奸罪，判你三年有期徒刑。"觉得还不解气，"太轻饶你了，你这是犯了让姑娘守活寡罪，得判你三十年——你这辈子都别出来了！"我脑子里曾经有一个画面：小孟爹娘哭闹着哀求我放过他们的女儿。我觉得这种画面迟早会变成真实版的。

小孟一连几天都没来找我，那天我们在胡同口相遇，我猛抬头，倒是见她没之前那么傲娇了，衣服穿得规规矩矩，胸口捂得严严实实。这不像是她的风格。不过，她不管怎么穿都好看，都能让男人垂涎三尺。我想逃，却来不及了，这样硬生生地转身，得落下多大一罪名啊。家宝警告："你自己守活寡也就算了，还拉一垫背的，还是人吗？"我不知所措。

小孟却扑哧一声笑了。她理直气壮地走到我面前说："你干吗见到我这么紧张，我是狮子老虎吗？我会吃了你吗？"她目不转睛地盯着我看。我在积极地想应对之策，却听小孟问："听家宝说你有问题，是真的吗？"我没想到这个问题还在困扰着她。我"啊啊"了两声走开。我在心里说：这孙子太过分了，这不是把人家好端端的姑娘往歧路上引吗？

小姑娘不谙世事，下班就在办公室门口堵着我讨要说法，以为她是秋菊呢，搞得我很紧张，每天都得提前离开。我跑去质问家宝，他反倒占着理了，说："多好的一个姑娘，对你多上心。你就别折磨人家了，放人家一条生路。"意犹未尽，他又接着说："多清纯的小姑娘，就许你看，别人盯一眼，她就能朝别人脸上吐唾沫星子，照别人小肚子上踹连环脚，下手既黑又狠。你们老李家上辈子哪修得这好福气，太不值了。这姑娘哪一点配不上你？传宗接代，为你们李家改良品种做出多大贡献！"

我无话可说，但我痛恨家宝拿别人的生理开玩笑，以及他那一套歪理邪说。

这天傍晚，我正无精打采，小孟突然蹿到我面前说："你敢看吗？"我心里咯噔一下，心想完了，好端端的一个姑娘，在家宝的撺掇下变成女流氓了。这该如何是好?

这事过去两天，我终于掘地三尺将家宝给抠出来，劈头盖脸地问:“你缺德不缺德，玩我也就算了，把人家姑娘弄成神经病，毁了人家一辈子的幸福，你不是人!”家宝却一点悔改之意也没有，说:“老李，这话从何说起，我害过谁?你犯得着这么咒我?”

我恨不得一耳光打在他那张肥硕的脸上。我说:“卑鄙、无耻、小人!”家宝一脸疑惑:“老李，今天把话说清楚，咱哥儿俩这么多年的感情，别因为一个小丫头片子给弄没了。”

我说:“多好的一个小姑娘，刚进办公室时文文静静的，你再看看现在的她，整个一个女流氓。你跟她父母有仇啊，八竿子打不着的事儿，你就放人家一马，也为自己积点德。”

我不知道家宝是装糊涂还是真糊涂，一脸的纯情样儿。我呸!我决意不再理他了，从此恩断义绝，老死不相往来。

我突然变得像一个老妈子似的，逢人就数落家宝。我逮着下班急着回家的小周，她惊恐地看着我。这要是搁以往，我会很知趣地放人走，而且过去我也从未像今天这么不正常。我拉住小周说:“天下有像家宝这么阴暗的人吗?当面挤对我也就算了，还当着人家小姑娘的面说我坏话。这不是毁我名声吗?这种人今天能说我，明天就能说你……”

小周一头雾水加紧张地问:“李哥，究竟出什么事了?你平时跟家宝不是关系挺好的吗?”我恶狠狠地说:“好个屁。背后使刀子，放冷箭。坏透了，简直不配做人。唉，我就奇了怪了，这种人怎么还能平安地活到今天!”

小周似有所悟，问:“就这些吗?”

“这难道还不严重吗？那姑娘都神经了，明目张胆地当着我的面让我看，光天化日之下，这话能从她的口中说出，这是什么性质？”

小周一脸的坏笑，拎着包从我面前走过，然后又从远处回头用不大不小的声音对我说：“没事去看看吧，别枉费孟姑娘的一番美意。”

……

36. 四十岁的爷爷

十八岁那年，我们几个一道去电影院看电影，电影里的女主角有一个上身裸露的镜头令人难忘。电影散场时，走在街上，大家的裤裆跟顶着根小钢炮似的。祖大佑是最容易勃起的男生，有时只是跟女生说上一句话，都起生理反应。

老姚以前也胖，但脑袋还不至于冒油放光，是青灰色的，毛发细而密，发际那么低，很让人担心一下就长满整张脸。显然我们的担心是多余的，现如今，那张脸除了像块能产石油的油田之外，经过多年的战争，版图一再扩张，半个脑袋都被划了进去。不论何时，无论多久，都等待着梦想照进现实的那一天。

昌荣的离去对我们来说是一个不小的打击，更为惨痛的打击还在后头。我们将迎来父母亲人的永别，迎来亲朋好友离世的小高潮。这一切的到来也许就在不久的将来，我这颗脆弱的心脏能否承受得起？生活就是把不可能变成可能，并让人从无法面对到尝试着去适应，心平气和地去接受。

一次，我在路边等人，忘了带手机，向一位中年妇女打听：“阿姨，能告诉我现在几点吗？”中年妇女一脸的不高兴，反过来问：

“大叔，我比你还老吗？”我再也不敢像从前那样毫无顾忌地喊人了。开口之前都先进行一翻年龄对比，以前脱口而出的“叔叔阿姨”，现在不敢叫了，甚至面对六十岁的老太太也要踌躇好一会儿，乍一看脸上长满皱纹，细一打听比自己年龄还小也说不定。家宝说：“追女孩吧，就眼前那个长得挺不错的。”呸，也不撒泡尿照照自己，都可以当爷爷的人了，自不量力！

当然自不量力的不光是家宝，老姚、杨小鱼、昌荣、祖大佑都算是这个时代的奇葩代表。昌荣一边相信诗歌的强大足以带领他杀出重围，没日没夜地趴在黑屋里的木桌上数读他的诗行，一边用半明半眛的眼睛盯着姑娘高耸的胸脯，嘴里喊出：“兄弟，咱这诗写得还不够叫座啊！咱们革命成功的标志是姑娘有没有来投怀送抱！”一群年轻人为了让姑娘投怀送抱而去奋斗，听起来非常邪乎，不可思议。昌荣说：“如果你成功了，姑娘就是最美好的奖励。”我曾经怀疑过他，直到今天也没太弄明白这里面存在什么样的逻辑关系。通过近半辈子的实践，如今躺在土里的昌荣又是什么样的一种心情呢？我很想把他从土里抠出来，再问问他，他是否还在坚持这样的理想——姑娘很丰满，现实很骨感！

在皮软的婚姻市场，家宝几乎每周都去参加一次相亲会，竞争对手太多，太强大。看着别人出双入对，痛心疾首在所难免。“乒乓”显然不适合他，属于他的应该是“拳击”。年事已高的家宝还经得起这么高强度的捶打吗？拭目以待吧，但愿他能活着回来。家宝上一次束腹参加相亲会遭遇清纯女子，但这事之后不了了之，闭着眼睛也能想到的剧情。我觉得他不应该把他那些陈芝麻烂谷子的诗歌拿出来骗人，小姑娘一定是被他幽怨诡异的目光吓着了。诗歌已经承载不起哄骗小姑娘的重任了。

住我隔壁的老王四十出头就添了孙子。看着老王闲暇之余双手托着孙子，一副老态龙钟的样子，不禁在心里想：四十岁，真的就这么完了吗？家宝恨得牙疼，咬牙切齿地说："自甘堕落，无可救药，死不足惜！"虽然是同龄人，但从精神状态上来说，老王已越过了人生的第一阶段和第二阶段，提前进入第三阶段——放松和享乐的精神层次。如果没有事业的羁绊，他这一生也可以歇菜了。

从我们村嫁出去的小欢不到四十，孙子已经不用抱了，可以自己行走。家宝听到这个故事惨叫一声："她是秦国人吗？太卑鄙了！"我说："不至于拖出去枪毙吧？"这个励志故事不能促使家宝和我进步，只会加速我们的灭亡。或许在事业领域里我们还称得上血气方刚，但在婚姻市场里，我们已经是日薄西山的垂暮老人了。

一个三十几岁的人当了祖母，让人悲愤。过去在小村里相遇，我跟小欢的老公以兄弟相称，如今相遇，她儿子居然指使她会走路的孙子："快叫叔叔。"她听出问题来了，立刻责怪："这孩子，没大没小，叫爷爷。"这左是一刀，右也是一刀，反正挺受伤的。胸中有种莫名的忧伤。

如今我张开网，做蜘蛛状，这八卦阵摆得好不凄凉！

37. 物欲横流，姑娘难求

家宝看不下去我那么对小孟姑娘，想替那姑娘伸张正义，但方法不对，才半年时间，一个清纯的姑娘就被毁了。因为小孟这件事，我和家宝没以前那么友好了。我看见他时希望从他屁眼里钻出一条蛇来。他看见我时希望我口眼歪斜，七窍生烟。本来很单纯的朋友关系，非得处得一脸尴尬，非得加快两脚或放缓两脚，就为了避免和对方碰面。

那天我看见小孟往我这边走，我急刹住两脚打算逃跑，但我迈开脚时又收住，心想：我为什么要跑？凭什么要跑？她才多大点的小丫头，我凭什么见着她就跟耗子见着猫似的？小孟走到我的面前，我很不自然地抬头看着她，说了一句很不妥帖的话："对不起，是我太鲁莽了。"我突然明白男人为什么犯贱，为什么娶了媳妇忘了娘，为什么会出卖兄弟，因为他连自己都敢出卖，他还有什么不敢的！

小孟倒是一副很大度的神情："听说你很会写诗，过去没少给你的那些女网友写诗，能为我也写一首吗？"我看了看一脸淡然的她，不卑不亢，一副大人不计小人过的模样。什么事都瞒不过她那双干净美丽的眼睛。

我不以为然。我曾经是写过几首诗送人，但就小孟这种从来都没拿诗人当回事，也不对诗歌感兴趣的主儿，我是绝不会为她写的，那简直是浪费我的脑细胞，说句不好听的，就是对牛弹琴。我直言：“你能看得懂吗？”

“小瞧人是吧，海子的诗立马给你背出两首来，你要不要听？”

“我是实力派诗人，我的诗很难懂的，别伤着你。”

“你写的诗是手枪还是毒药啊，会要了人的命？那还是诗吗？”

沟通有障碍，算了不说了。她这哪是来索诗的啊，她这是来撒泼发泄怨气的。十妇九泼，犯不着，把她弄神经了，我还落一骂名。我说：“我身上哪来的那么多优点，怎么就吸引你了？我自己都恨铁不成钢，你怎么就看上我了？”

小孟十分惊诧地看着我，几近惊叫：“大叔，你吓着我了，我什么时候说过我看上你了？我们仅仅是同事而已，连朋友都算不上，我过去要是有什么地方做得不好，引起你的误会，那实在是不好意思，只能跟你说声抱歉。”

我真没想到会是这样一个结果。看着小孟扬长而去，我从脸烧到脚脖子。等家宝出现时，我的心里才好受一些。家宝瘸了，似乎是受到老天的惩罚，作恶太多，罪有应得。家宝说：“老李，我让蛇咬了。”

看来老天还是公平的。我没有把小孟对我说的话跟家宝说，这种事不能让他知道。家宝却说：“老李，我真不是有意要拆散你们，我这纯属好心办坏事。你可千万别往心里去。其实我就是觉得小孟这姑娘人不错，这么死心塌地地想跟你。我想不明白，这姑娘怎么就看上你了！图你哪一点？要钱没钱，要人没人。后来一想——一物降一物，这就是命。”家宝见我半天不吭声，问：“你不会真跟孟姑娘掰了吧？你这演的哪一出啊！”

我冷静地回他：“你还好意思说，要不是你，我能有今天这尴尬处境？”

家宝脸露疑惑，问：“你们俩真的掰了？”

我和家宝都没有想到孟姑娘竟然写了辞呈，此时正在位子上润色呢。家宝本来是想来个负荆请罪的，突然发现那封辞职信，感到事情比他想象中要严重得多。我曾经一直以为孟姑娘是喜欢我的，被一个姑娘喜欢，这种感觉很美妙，当然这种美妙的感觉也会转化为灾难，就像一个人在午饭之后手握的一份甜点，津津有味之时却吃出一只苍蝇来。幻境被无情戳破，我想保住最后的一点尊严。

孟姑娘没走，至于家宝使出了什么法宝，我没敢问。

我不光回避孟姑娘，还回避家宝。家宝找了我好几趟，终于逮着我。家宝的笑点很低，这会儿嘴都笑歪了。不等家宝开口，我抢先说：“好狗不挡道，给我让开。”家宝十分惊诧地看着我，大骂：“这帮写诗的孙子，表面仁义道德，背后男盗女娼，算人吗！”

家宝这是指桑骂槐呢，我差一点蹦起来跟他对掐。家宝说：“兄弟，这件事是我做得不对，我是无心之过。你既然对孟姑娘有意思，干吗吊着人家？不是君子之道啊。小孟说了，你喜欢她，就是不敢承认。”

我吃惊地看着家宝，问：“小孟真这么说的？”家宝一本正经：“你以为人家孟姑娘跟你似的，人家不愿意戳穿你而已。我求求你，别再假正经了，你这身臭毛病什么时候能改过来？”

我一时无语，茫然无措。家宝很得意，说：“你的罪证全在人家手里捏着呢！”

这么多年，本人一把血一把泪地紧咬牙关硬挺过来，没有去寻花问柳，没有几样看家本领是做不到的。

我看不惯家宝那张油腻的嘴脸，他凭什么对我指手画脚！家宝哈哈一笑：“物欲横流，姑娘难求。人生在世难得一姑娘，哪回我请你们两个，你们冰释前嫌，握手言和怎么样？”

我说：“算了，不要单方面改变现状，就这样挺好。”

家宝十分不解地看着我：“老李，你是愿意掐床单也不愿意搂姑娘啊！小孟这身价摆这儿，你要是不稀罕，这可是狼多肉少的时候，姑娘只要一转身，再想找回来可就不那么容易了。”

家宝的话虽然刺耳，倒也是实情。我很犹豫。

38. 哦，姑娘

喜欢姑娘没错，喜欢姑娘的胸脯也没错，但得走正道。对于男人来说，姑娘的胸脯就是他对另一种人生理想的追求。

我们那一波人年轻时对理想信念有追求，无一例外地爱上诗歌，每一个人都顶着一个天真烂漫的脑袋，并纷纷在脑袋上留起长发，搓起麻绳。刚开始那会儿对姑娘的乳房三缄其口，谈性色变。诗人要么假正经，要么就特流氓。当然基本都是那种君子动口不动手的阶段。

家宝不以为然："有什么呀，别以为看了姑娘的乳房就良心不安，骗谁呢？假正经。"家宝永远都在最前头冲锋，刚开始那几年没干别的事，除了写诗就是聊姑娘，看姑娘——选角度看，大好时光就这么白白流淌了。

光阴似箭，日月如梭。如今我们个个都像从地下抠出来泛着灰光的青铜剑。家宝依然被他的肚子困扰，走起路来像提着两桶水左右晃荡。我感觉他那身肉来势汹汹，要把他淹没在那浩瀚的波涛中。人到中年——四个多么可怕的字眼，当年我们幸灾乐祸地瞅别人，自以为是的劲头无耻至极！

陷入肉阵，这是人生中的另一种局，看似简单，却无法破解。当男人一旦踩上人生的中轴线，体内的战鼓就不停地擂，几乎一夜之间，家宝就可以甩动他的猪乳。姑娘也可甩动双乳，那有节奏的弹跳必须用这世界上最美好的语言来描述，像两只叽叽喳喳不能安分的小鸟在欢快地歌唱，欲展翅飞翔……

但当有一天站在胡同口横刀立马，家宝却并不能因为身上的肉多而镇住姑娘，去阻止她们那么无拘无束地从他眼皮底下飞过。我的脑子里迸出一个想法：从他身上割下二斤肉来，姑娘想什么样的随便挑。家宝用从未有过的低沉声音说："老李，救救我！"我无法做到坦然，姑娘和胸脯是不可分割的整体，我无法替他取过来，他得靠自己努力去争取。

当一个姑娘愿意让他看她温暖如春的胸脯，并将他的手放在其上时，他的春天才真正到来。家宝没能把握住时机，这是永远无法弥补的遗憾。当然，以家宝这么多年的性格，他不会就这么死去的，他相信在通往姑娘的征途上绝不止这一条路。

我和小孟就像安徒生童话一样云蒸雾绕，特别不真实。家宝有时候看我恨不得一口咬死我，好取代我的位置。上帝是公平的，如果我也像家宝那样紧盯一个姑娘的胸脯不放，估计也不会有姑娘来喜欢我。家宝无助地看着我。他尝试过减肥，但仅仅坚持了三天便一病不起。在减肥这件事上，他比老姚还要脆弱。家宝很关心我和小孟的事情，问："小孟真的就这么被你放生了？"然后又情不自禁地过渡到："不爱姑娘就是灵魂肮脏，辜负姑娘就是犯罪。"觉得不过瘾，又说："你简直就是丧尽天良——不配做人！"

我也不甘示弱："别以为上帝留着你就是眷顾你，他那是要留着你的贱命继续折磨你呢。"恐怕家宝也并非替我惋惜，他惋惜的是又一个美丽的姑娘成为我们生命中的过客，成为无疾而终的泡影。他说："姑娘是一个多么美好的词儿，温暖如春的姑娘是你这辈子受到的最大的恩惠，你怎么就不能接受呢？"我说："咱们能谈一点高雅的事情吗？"家宝不解："这个世上难道还有比姑娘更高雅、更让人心潮澎湃的事情吗？"我说："别整天姑娘姑娘的，俗气！"他替我感到惋惜："姑娘——多神圣美好的事物！你简直不可理喻！"

小孟跟陌生男似乎勾搭成真了，形影不离，路也不能好好走了，以前不扭动的屁股开始扭动了。就算是投怀送抱也没必要嘚瑟成这样吧，一副小人得志的模样！家宝说："这一回孟姑娘大概是玩真的了。那男的不错，个儿比你高，长得比你结实，关键是年龄比你小，门当户对。这年头小姑娘可不好骗了，成本太高，你我都付不起啊！"

我说："骗不了就别骗了，也从未想过要骗。不如咱俩修行吧，都这岁数了，就别再好高骛远了，忍忍吧，再过几年这辈子也就差不多了。放人家姑娘一条生路，就当是为这个世界多做一份贡献吧。"

家宝却不同意我的说法："人生就是在爬山，得眼光向前，学会征服。正是冲锋陷阵的好年华，别辜负了大好时光。"

我说："这山望着那山高，有止境吗？咱还应该有一些其他的理想，把你的心血留下来，不仅是留在姑娘的身体里，留在纸上给天下人看，岂不是一件功德无量之事！"

家宝头摇得跟拨浪鼓似的："不——人生，无论你选择从哪里出发，都是殊途同归，你不能错过那些美丽的风景！"看来他是不见棺材不落泪，不到黄河不死心！家宝哈哈大笑，说："如果你的诗歌能写在姑娘的胸脯上……"

我无意中再次见到小孟跟陌生男行走在公司的人行道上。我跟了上去，亲眼看见他们成双入对地进了一家高档酒店，心里很不是滋味。其实我并非不愿意为一个姑娘写诗……或真如家宝所说，将诗写在她的胸脯上——我很向往。

39. 通往姑娘的道路

第一次见苏瑾是在水东古镇的灵隐寺里。她一身素装，素颜朝天，虔诚地跪在大殿下面，认真叩首。灵隐寺是一座古刹，因为有求必应而远近闻名。十八罗汉狰狞的神态之下，让人有一种莫名的处世孤独之感，由远及近，席卷全身。大殿之外巨大的香炉里烟雾缭绕，一股浓重的烟熏味弥漫至每一个角落。我是来古镇采风的，为了应付两家杂志的逼稿。这年头混口饭吃简单，但要混出水平，既有饭吃，又能受到别人的尊重并不容易。人都是不见棺材不落泪，不到黄河不死心，人世的路走了一半，迷途知返时已经回不去了。

一同来的家宝冲我一使眼色，用手指了指大殿里跪着的苏瑾说："那女孩真漂亮！"在庄严肃穆的大殿内，他这是在作死！"人生的意义是什么？不就是追到一个优质的姑娘？"在家宝的人生字典里，追姑娘就是人生的全部意义。而我一直以为成为一名优秀的诗人才是人生最有价值的事情，当然这不是生活的全部，只是一种理想。理想是虚无缥缈的，并不能真实地反应一生。但殊途同归，最终我们都得跪在上帝面前，在听到最后一声鸟鸣时猝然闭上双眼。

家宝嫌我太拘谨，这是写诗写下来的后遗症。我不仅拘谨，还哆嗦，还两眼上翻，嘴角流沫……这些都牢牢钉进我的生命中。当我吃饭的时候，筷子打在牙上，眼角流下干涩的泪滴。经历岁月的侵蚀，我们变得成熟，变得干瘪，失去了曾经熟悉的一切，变得陌生、荒芜……

美好的事物总想多看一眼，总想离自己再近一些。我想家宝已经厚颜到和那女孩同床共枕、缔结前世之盟，甚至生儿育女。家宝说："你信不信，她身体里一定有你期待的秉性，她内心和身体上的韧劲一定如你所期待的那般美好。"当卑鄙成为一种生活，无耻成为一种习惯，还有什么不可以放下的呢？如果把婚恋看作童话，爱情就是我们看了很多童话故事，我可以为你创造出一部童话。家宝说："每一条道路都是一个温馨而浪漫的惩罚，穿过人世的条条荆棘，请你去揭开她轻纱之下躁动不安的那只白兔。"我想到昌荣，如果他还活着，一定会笑，并用他的生命告诫我们，那只是一个谎言，为了听命于它，受它摆布，我们找出各种理由，并为之奋不顾身、粉身碎骨。想一想，人活得太真实、太深刻，却未必是一件好事，没有人能够理解，像一只孤狼一样，很落寞。

我已经出殿了，家宝却还别有用心地跪在那里。我不得不走回去用脚在他屁股上踹一下，提醒他离开。我们弄出的响动使苏瑾回过头来。她确实是一位很难得的美人，透过她纯净的脸，我看见了她从容不迫的心。身处繁华浮世，能做到如此淡定从容确实难得。家宝说："如果给我一次机会，我一定会好好追求她，绝不再虚度光阴、浪费生命了。”难得从家宝嘴里说出这么窝心的话来，心里突然有一种莫名的酸楚。光阴一泄千年，再也无法逆转。

转瞬，我们已流逝！

40. 一夜变土豪

二十世纪七十年代，家宝父母从乡下搬进城里，那会儿穷得连饭都吃不饱。那时城里的土地随便占，家宝爹捡了一些破烂，搭了几间窝棚。等家宝出生时，他爹又盖起了几间瓦房。家宝二十岁的时候，那几间破旧老房中间的空地上又添加了一幢三层小洋楼。家宝全家都跟那幢小洋楼合过影，一个时代的缩影都浓缩在那几张脸上。

变故这个词通常指把人从好处往坏处变，是挺悲催的一件事。但有时候处境好也很悲催，家宝就是一个典型的例子。两年前，政府拆迁，补给家宝五套房，按市值计算好几百万。家宝从当初上不了台面的小商贩一步登天成为土豪。

家宝得着了，跟兄弟几个拉开了距离。一穷二白的时候是难兄难弟，一块儿吃喝，不怕没人来结账。这人一旦有了钱，反倒小气了，玩起了捉迷藏，十回有九回都说有事。后来杨小鱼打听到家宝是在忙着相亲。

人不能太富有，娶了媳妇忘了娘，当了官忘了朋友，这在当今社会不足为奇。一说是物质还不怎么发达，又一说是人类的思想境界还没有发展到那种境界，都有道理。但人究竟能不能到达那种相见如宾，相亲相爱，为了人类共同事业化干戈为玉帛的境界，也就是假想中的人类共产主义真的能实现吗？人类能推测出人是猴变的，但却没有人知道未来五百年的人类社会是什么样的。人类创造了复杂的经济学、社会学和自然科学，但却在一些简单的问题上屡栽跟头、犯低级错误。

世界是一个矛盾体，争名夺利的战争推动了人类社会的发展和文明进步，如今时过境迁，还坚持这种观点的肯定欠揍。不管怎么样，能真正做到胸襟坦荡、淡泊名利的人非常少，这样的人也许是存在的，他创造的作品不屑让人知晓，最后付之一炬。只有那些为名利而搏斗的人把自己暗藏在文章中的欲望传给了后世，影响着他们的一生。

冤冤相报何时了！家宝身上承袭了人类的这些特性，他是一个有素质的人，他能随口吟诵古诗词，他能用意大利语演唱普契尼的歌剧，他能将莎士比亚的十四行诗用英语朗诵出来。就是这样一个用二十年对未来信誓旦旦，曾经视金钱为粪土的人，在某一时刻把物质看得高于一切。就像一个人对自己的孩子说：“咱们一定会有鸡腿吃的。”而对面的人正好在啃鸡腿。看来物质永远是在精神之前的，而且永远比精神来得及时。

家宝是我们这一小撮人中第一个结婚的，是第一个享受物质和精神双重激励的人。家宝婚结得快，离得也快，当我们还在为基本的人生权利奋斗时，家宝又单身了。狡猾的家宝把所有财产都划在他父母名下，女方并没有带走他多少钱财。他不写诗了，也不参与文艺青年的地下组织进行文学的地下运动了。这是堕落的表现？也并非如此。当然，除了家宝，还有一小撮人，他们为了诗歌纠集在一起举杯，鄙视某一个诗人，想掐死对方，同时逮着任何一个可能抛头露脸的机会与大师合影。

卑鄙者不止家宝一人，应该说整个人类都是卑劣的。他们不知道即使像孔子这样伟大的人物也未必就是永世永代芬芳下去的，说不一定哪一天就有一个更出色的脑袋将他挤掉，取而代之。所以一切都只是暂时的，普通人和伟人在本质上并无多大区别，最终他们也就是一个存在于世的符号而已，无法和任何一具尸骨对应起来。

我隔壁的老王四十出头，已经抱上孙子了。看着他肥硕的脸上往下掉的笑，让人感到恐惧。恐惧的不是老王，而是我们这一小撮人。可以不当诗人，可以娶女人，生孩子，带孙子……

某年某月某人

41. 生命的尴尬

我第一次见到周进是在一辆公车上，公车是从镇海开往宁波的。那天正下着雨，天气很清冷。她是从半道上来的，看起来像一个学生，但比学生成熟一些。和所有女孩一样，她也穿着打皱的牛仔裤和白色 T 恤。T 恤领口很大，露出里面的绿色胸兜。雨似乎有些大，淋湿了她的衣服，贴在她的胸前。她是那种介于成熟与青涩之间的女孩。可能是由于身上潮湿，当她上车时，几乎所有人都尽力腾出空间来，不让她沾上自己。她就站在我附近，我能闻到从她身体里散发出来的腐酸混合着茉莉香的气味。她的头发有些凌乱，感觉很落魄，脸色也苍白，像是发生了什么不好的事情。

半路上下了一些人，车内宽松多了。后来我听见她在和一个中年妇女说话，说她是从安徽宣城过来看望弟弟的，她的弟弟在宁波上大学，似在炫耀。我注意到她手里握着一枝白色小花，也许是在公园里采摘的，不时放在鼻孔前闻一下。当司机收钱的时候，周进没有钱交车费，所有的人都拿眼睛看着她。司机催着要，她不得不弯腰再次很细心地翻找牛仔裤的兜。她弯腰的时候，那件紧贴她的白色 T 恤和绿色胸兜落了下来。她并没有意识到，或许是因为急而无暇顾及了。

在一阵毫无结果的忙乱之后，她终于抬起头来，像是很无辜抑或踌躇。她告诉司机和车厢内所有人，她的钱被小偷偷了。这个说法很难让人信服，甚至让人怀疑她是不是因为没有钱交车费而故意编这样一个故事。司机让她把车厢清扫一遍，算是对她没钱付车费的惩罚。她照做了。司机又让她为车厢里的人唱一首歌，她有些难为情，但还是唱了。车没进宁波的时候，她提前下了，看着她略显清瘦的背影，我想即使她是在编织谎言，但人生中谁没有这种尴尬的时候呢！

我第二次见周进是在银行门口。老板进去取钱了，我替她牵着狗。周进突然撞到我附近一个男人的面前，请求借他的手机用一下，她没有向我借，我想大概是因为我牵着那条金毛狗吧，她把我当成有钱人了，有钱人通常是很难接近的。她的请求遭到了别人的拒绝。她终于向我走过来，看得出来她很犹豫。她并没有立即向我开口说借，或许她是在酝酿一个最佳时机。她依旧沿袭着那副落魄相。她的眼睛很大，却带着几分忧郁，让人感觉和她的真实年龄并不相配。她也许在这个城市里打工，或者真的如她所说是来看望她弟弟的。她有一个引以为傲的上大学的弟弟，这在大多数人眼里也许算不了什么，大学生已经不再是七八十年代人们眼里的稀罕物了。我想她是被迫的，可能是生活的窘境使她的处境变得尴尬。她在这个城市里应该算是最贫穷的女孩了，贫穷使她的行动变得十分艰难。我也可以断定那一次在公车上她的确是在骗取司机的同情和信任。

“先生，我的手机丢了，能把您的手机借我用一下吗？”她终于操着带有宣城口音的普通话向我开口。

我竟然注意到那枝白色的小花还在，这次只是换了一个地方，放在她背着的布包的收口处，花头露在了外面。这枝花对她也许有着某种特殊意义，是某一个重要的人送给她的？我摒弃了之前她在公园里偷掐的想法，可能是她从某个比较亲近的地方带过来的。人难免会有这种狼狈的时候，我从家里带出来的一把指甲刀不见了，我拼了老命也要把它找回来，如果弄丢了就非常失落，就像失去自己的一位亲人一样。说实话，她挺让我感动的，我没有说什么便把手机交给了她。她接过我的手机没有立即去拨号，她也许有什么重要的事情或不能被外人听见的事要在电话里说。

“我能去那边说吗？”她再次请求。

“可以。”我说。

她很快就打完电话了，走上前来把手机还给我，并用感激的目光看着我，在那一刻，我在她眼里是真正的大好人。但当我转身时，她很快又来借第二次了。她告诉我刚才是和她弟弟学校的门卫通电话，门卫让她过一会儿再打过去。我依旧二话没说就把手机交给了她。她依旧拿着电话走到离我很远的地方，她不时“嗯”着，大部分时间都是她弟弟在说话。她的神情看起来很悲伤，我不知道她弟弟对她说了什么，也许提到了他们的家乡和他们的父母。他们拥有一个什么样的家庭呢？他们的日子一定很艰难。她依旧说着“嗯”，有时也会说“知道了”，她弟弟好像一直在向她嘱托什么。她这个电话打了很长时间，到我的老板从里面出来时还在说。我不得不走上前去。她看见我到来，有些惊慌，知道我是来催要手机的。于是她在电话这头说：“我知道该怎么做了，不说了。”然后不等那头回应，她就关了手机，十分歉意地用两只手捧着交还给我。

我说："你还有话要说吗？"

她立刻回话："没有了，都说好了。"

但我感觉她还有话要说，她的话并没有说完。"你是在给你弟弟打电话？"我问。

"是我弟弟，他在宁波上大学呢。"她趁我不注意用手拭了拭眼角，然后带着几分炫耀对我说。

"你弟弟挺了不起的，是大学生。"我不无赞赏地说。

"我们家就他一个上大学的，他从小就聪明，在家乡上学时得过很多奖。"

"你是来看望他的？为什么不去他的学校呢？"

"他学习太忙，我不想去打扰他。"

我对于她这样的回答感到有些惊讶。我再一次注意到她插在布包口上的白色小花，花的脑袋已经耷下来了，像一个趴在那儿打盹的老太太。

她将头发向后拢了拢，然后冲我做了个妩媚的笑，也许她觉得自己很漂亮吧，而事实也确实如此，落魄是挡不住那份秀色的。

我辞了原先的那份工作，在机场替人送机票。我路过汽车站，看见周进正站在一个男人面前。走近时，我听见她在说："先生，我的钱包丢了，您能不能借给我五十块钱让我回家。"

也许是她的落魄或"秀色"打动了那位男士，那位先生掏出一张十块钱的钞票丢到她面前的地上。她连声说着"谢谢"，弯腰去把那张飘向一边的十块钱抓在手里。我在心里想，她为什么还在干这个勾当呢？凭她的长相和气质去找一份工作应该没问题的吧！难道"骗"和乞讨更光荣一些吗？她是一个喜欢不劳而获的女孩？抬起头发现我的一刹那，她感到很吃惊，她想逃。在她转身的时候，我发现那枝小花竟然还在，不过已经成木乃伊了。

黄昏的时候下起了雨，那是立春后的第二场雨，雨下得很大，我发现汽车站前的电话亭里站着很多人，其中就有周进。电话亭显得很拥挤。这些人都是从外地拥到南方来打工的，都是还没找到活儿露宿广场的。几乎所有人都一动不动，像蝙蝠侠一样，我想如果哪个画家能把这幅画画下来，也许能卖很多钱。我总会有一些奇特的想法。其实没有几个人能真正理解这些拥挤和飘零的人生。

送完机票，天已经黑下来了，雨也停了下来，那个挤满人的电话亭空了。空气里有一种雨过之后的空旷迷离味。不远处的灯火下，一个穿着白色上衣、牛仔裤的女孩正握着一个坚硬的馒头啃得津津有味。尽管离得远，但我一眼能看出那是周进。她微微侧着身子，背对着灯火，像是怕被谁认出来一样。

雨在停止了一会儿后，竟然又淅淅沥沥地下了起来。于是刚才疏散到四周的人又开始向某一处聚拢过去。车站餐厅前的人越来越多，大概是因为那里有灯火，相对也暖和一些。周进没有再吃东西。我听见她在跟别人说话，自我介绍，以及那个让她引以为傲的上大学的弟弟。然后我听见她发出清脆的笑声。

我最后一次见到周进时，她仍然在打电话，而且打了很长时间，她一直“嗯”着，脸上的表情很紧张，像是对方要挂了电话，但她的话还没有说完。我越来越觉得那个给她打电话的人很神秘，究竟是不是她弟弟在给她打电话呢？哦，这个电话应该是她打给对方的。她占据着那个电话亭，握电话的手很紧。我返回来时，她还站在那儿，电话已经挂了，她似乎在哭泣。自那次之后，我就再也没有见到过她了。这段经历让我感到很奇怪，甚至蹊跷。

一个月以后，我意外地从在宁波混了多年的一个诗人朋友那里得知，最近宁波某大学校园里死了一个年轻的学生，是从安徽来的，他是得了不治之症死的。这似乎是一个玄妙的事情，尤其是从这个朋友嘴里说出来，而且是被我听到。我不知道这个年轻的学生是不是周进的弟弟，但我却很容易把他们联系在一起。然而过了没多久，我的那位诗人朋友又告诉了我一件更为离奇的事情，一个读大四的男学生常常接到一个莫明其妙的女生打来的电话，据说那是他从前的女友，他们已经分手了，而且那女孩在分手后不久就遭遇车祸死了。这让我很容易想起周进在电话亭哭泣的情景。但我真的不知道那个死去的女孩，以及那个还活着的男孩和她究竟有没有关系……

42. 伤逝的爱情

武林和小研八年的爱情长跑说完就完了。

小研坐在她父亲赶的牛车上，牛车上堆满了她和武林在一起时购置的家当：皮箱、藤椅、书橱、鞋架、电饭煲、玻璃杯、冰箱、琵琶，还有一条秃了毛的外国狗。牛车上满满当当，在车头处留了刚能插进屁股的地儿，小研就坐在那里。牛车启动时，笨拙的轮子发出咯吱咯吱的声音，挺让人伤感的。小研是我认识的女孩中长相最出众的一个。当初他们能在一起，还是我做的媒。那会儿，小研大学刚毕业，从另一座城市来到宣城，举目无亲。我和小研的相识具有戏剧性，我们都在候车室候车，她回学校办理毕业手续。我们都准备去坐同一个位子时，我将位子让给了她。巧就巧在我从外地回来时，她也从学校过来，在车站的过道上再次相遇，我一眼就认出她来。

武林是从我这里认识小研的，见了一面就魂不守舍、茶饭不思，得了相思病。三个月过去，人瘦了一大圈。说实话，我是不想把小研介绍给武林的，觉得他不配。小研给我的感觉太美好了，我是有私心的，我想把她留给自己。但我架不住武林的死磨硬泡，为达目的不择手段，最后出狠招把我喂养的小黑猫给掳走了，将其身上的毛剃光，又给放回来。害得我那几天都没胃口，一吃东西就想吐。改天，我喝水的水杯不见了，等我打算去买时，又出现在桌上，但我却不敢再用了。现在重新想当初的决定，难道小研的幸福还比不得一只猫和一只水杯吗？

当初，我和小研见面的情景还历历在目，她跟我说话时脸微微涨红。可能是因为小研一个人在宣城的缘故，每次我请她吃饭，她都会回请我。在这里，她没有更多熟知的人。透过她的眼神，我感到她对我有一种依恋。我最爱听她弹琵琶，在她的手中，琵琶古曲里总带着一丝淡淡的忧伤。我说武林喜欢她，让我传话给她。她很诧异，甚至不知道武林是谁。我说："半个月前，在新湖宾馆前见过的，我的朋友。"

小研不说话，脸上掠过一丝难过的神情。我说："他真的很喜欢你，能不能考虑一下？"

小研突然说："我心里已经有人了。"

这让我感到惊讶。我竟然一点没看出来她已经有男朋友了，而且和她交往这么久，从来都没有见到过。看来她的心思很不简单。

她却趁着我沉默时突然问："你为什么要为他人介绍呢？"

这句话在今天看来再明白不过了，但当时我真的没有很好地去理解这句话。我简直是一个罪人，这种错误足以毁掉一个人的一生。我终于明白了自己为什么能得到女孩青睐却依然单身的原因。我当时很着急地说："武林是我朋友。"

小研不再说话。我不死心，说："自从看见你以后，他整个人都变了，茶饭不思，已经病入膏肓了。"

大约过了三个月，我没有去见小研，因为我觉得已经把她得罪了。但令我没想到的是，她主动打电话给我，说她愿意成为我朋友的女朋友。我得到这个消息非常高兴，立刻通知了武林。见到小研时，我还疑惑不解地问："你不是心中有人了吗？"我记得她当时浅浅地笑了一下，回答我："现在没有了。"

直到有一天武林喝醉酒向我哭诉时，我才明白，小研心中曾经有过的人是我。但这时候她已经是武林的人了。人生中总有很多美好的机缘，明明就在眼前，却白白让它错过，甚至彼此都强烈地希望和要求着，但却没能伸出手，或许是因为世俗观念，或许是因为那份爱还没有等到破壳而出的时机，而更多的是因怯懦抱着侥幸心理等待对方先主动，在等待中耗尽了心性和激情，最终这层窗户纸也没能捅破，与姻缘失之交臂。

武林哭丧着脸向我倾诉："这女人要是变起脸来，比谁都狠，腿都跪断了，头也磕破了。她铁了心不再回头。"

我知道这些年他们之间磕磕碰碰，没少争吵。武林这几年做生意，在外面应酬多。我警告过他，别做对不起小研的事情。武林对小研还算专一，也没听说他做过什么对不起小研的事情，但这婚姻怎么就走到尽头了呢？他们刚在一起时，武林就要求去民政局办理结婚登记，是小研不同意。中间，武林又提过几次，小研还是不情愿。这事就一直这么悬着。我也对小研的做法有些想不通，既然都已经在一起了，为什么不把证给办了？这样对她和武林都有好处，对周围的朋友也有一个交代。尤其是对她自己，武林虽然不是什么有钱人，但却有一处房产，到时候真要过不下去了，离婚时也不至于净身出户，否则就太亏了，一个女人的青春可没多少，剩下来的也就不怎么值钱了。

武林说小研跟他在一起其实根本就没想过要跟他结婚，她就是想在这座城市里有一个伴，有一个知寒问暖的人。我怒了，大声问他：“这么多年，你就一点没把她的心暖过来？你这个男人是怎么当的？你能做到的仅仅是占有她的身体？”我愤怒地吼出：“八年了，一个女人的青春还剩下多少？”

在武林的房间里，只剩下一张孤零零的双人床。我觉得不对劲儿，如果真像武林说的那样，小研为什么要置办那么多家当，她其实就是想沉下心来跟他好好过的，这家伙一定没有珍惜他们之间的感情，做了对不住小研的事情。我很生气，大声说：“你在狡辩，是你伤了她的心！”

“可那也不能全怪我，这么多年，我哪一点对不住她？她之所以能走上今天这条道，那还不是因为你。她为什么犹豫不决，不跟我领证，还不是因为你没结婚！该做的我都做了，八年了，她始终没能看上我。”

我愕然。我无法想象从武林嘴里说出这句话，无法想象小研这八年的心路历程。我原本想再帮武林一次，去劝说小研，她毕竟已经不小了，离开眼前的生活，往后的生活怎么办？但我却不知道该怎样帮她，让她回到她想要的那种生活。六年前，小研把她父亲接到宣城，在郊区租了间民房，租了几亩地，买了一头牛，让他父亲在这里安下心来。我去看过她父亲种的地，一片绿油油的苞谷。苞谷还没成熟时，小研在里面露出脸来，冲站在路上的我笑，很灿烂。她在烈日下帮父亲锄地里的草，汗将衣服弄湿了，贴在身上，她害羞地看着我。我喜欢看她被汗淋湿、身体凹凸有致的样子，我半开玩笑地说："真好看。"忍不住多瞅她几眼。在回去的路上，她突然转过身禁不住笑。

武林配不上小研，不管是学识还是相貌、仪表举止，都相差甚远。我去小研住的地方看她，她这几年的日子很不好过，当初来宣城时去的那家国企，两年不到做到总经理助理的位置，公司对她的表现给出了很高的评价。但好景不长，那家公司因为经济问题倒闭了。自那以后，小研又换了几家公司，但每一家都干得不太顺心。这个时候我想帮她，却遭到她的拒绝。

我是怀着歉疚的心理来见小研的，她正和父亲从牛车上往下搬东西。

经过我的劝说，武林愿意拿出他的部分资产作为补偿。我告诉小研，她却说不要。

大约一个月之后，小研带着她父亲离开了宣城。我走到她和她父亲种的苞谷地里，苞谷已经一人多高了，结出又粗又大的玉米棒子，但却还没有到收获的季节。其实有很多事情都是可以坐下来谈的，她是不想再给自己机会，或是对未来已经彻底失望。

又过去半年，我总觉得小研还没有离开，还在那片苞谷地里待着，随时会从里面探出脸来冲我微笑，汗淋湿了她的衣服。哦，我忘不掉她回头幽怨地看我的眼神。

我总觉得小研随时会再次回到这座城市里来，跟我一起走在街上，有说有笑……

43. 伪隐世者

我有一个小学同学，他一直有一个梦想，去深山老林与世隔绝的地方过隐世生活。他还真这么做过，写好遗书，留下联系方式，甚至把他将去的地方、可能遭遇不测的情形都描述出来，留给家人。家里人倒是很支持他这个想法，答应在他遭遇不测时去替他收尸。但这哥们儿没坚持住，半夜里听见狼叫，汗毛倒立，一路号叫着逃回家。

每个人这辈子都难免会有一点属于自己的梦想，当人生走到一定阶段，感到大势已去，也就不再那么执着了，甘愿做一个平庸之人。虽然人能来到世界走一遭的机会实属难得，但还是因为懒惰下不了决心，放任自己吃吃喝喝，把余下不多的光阴虚度完。

这哥们儿小学一别，就没再继续读书，继承了老祖宗吃苦耐劳的精神，跟着大人做生意，到了他的手上，居然还开起了工厂，生意做得风生水起。我再见到他时，他已经是拥有千万身家的企业老板了。像我这位哥们儿这样的伪隐世者很多，躲情债、躲赌债、躲命债，以各种方式隐遁于世。

每个人都在追求成功，获取关注与尊重。成功并非如探囊取物那么简单，你必须把你的头脸、身心修炼得与你周围的事物相融相生、合二为一，达到至纯至高的境界。如果你喜爱钱，最后你就变成了一堆钞票；如果你喜爱文学，最后你就变成了一堆文字；如果你喜爱吃，最后你就变成了一堆食物……不伤及无辜，有利于人类发展。成功煞是好看，像挂在枝上熟透的桃，像散着诱人香气的女人含苞欲放的胸脯……你以此为目标，从很小到很大，一路奋进，一路拼杀。

我相信如果你的决心足够坚定，你完全可以修炼成一只蝙蝠或蜥蜴。当然，你更有可能把自己修炼成陶渊明，修炼成杜甫。你的成色更接近哪一个，你就待在那只炉子里，打死都别出来，死扛硬顶，终有所成。我的这位哥们儿从来都是摘桃偷腥的主儿，修炼得一身好武艺，却没能用在正道上，他做不了蝙蝠、蜥蜴，做不了陶渊明、杜甫。他只能做一个暴发户，伪现代成功者，终究是兔子的尾巴长不了。

我的好兄弟昌荣曾经跑进养猪场，硬是逼着主人家为他腾出一间猪舍来让他体验生活。看你用什么角度去看待这种问题，人去体验猪的生活多少有点小题大做，也不符合人类发展的逻辑学。俗话说：小隐隐于野，大隐隐于市。隐于畜，与畜为武，尚属首次，昌荣算是第一人。真正想把自己融入某种精神世界使自己融化扩散成“清、真、源”的并不多，或许他们并没有真正认识到这才是现代隐世者的真实诉求。你可以因地制宜、就地取材，而不是受到教唆就跳出眼前，另外再寻炼丹炉把自己关进去。

在物质利益高于一切的时代，人人对金钱都十分崇拜，没有几个人能傻到从辛辛苦苦建立起来的社会关系网中奋力挣脱，置之死地而后生，除非是那些物质基础特别发达、提前进入“共产主义”者，不必担心返世后的麻烦。而对于那些永远都缺衣少粮的微产阶级来说，这样做是相当危险的。

若干年前，我背着书包离开村庄去往城里，但我的心一直是期待回归的。可当我兴高采烈地回到原来的小村时，却发现那里的人大多已经死的死，离开的离开，在时代的裂变中，我的处境很尴尬。我似乎一直在逆流而动，拒绝接受某些事实。我就是一个不识实务，寻找另一只炉子来锤炼自己的人。但我必须承认这是一个了不起的时代，人与动物的类别正加速拉开，成为真正意义上的高级动物，远离阴暗潮湿、愚昧落后。这是人类迈向文明的必由之路，尽管我坚信真正的文明是返璞归真，是与土地恰如其分地互生互融、共荣共进。文明首先要与内心相通，达到一种和谐，而非做作。或许人类需要一百年或更久远的代价才能看清繁华背后的虚假。我看不见这一天，但我希望内心常怀着两个词：真实与感动。

几年前，昌荣丢失了生命，这是他极端隐世导致的结果。这不是一个意外事件，也不像外界说的那样不珍惜生命，不热爱劳动，生活难以维系才选择死亡。这只是人们看到的表象，法律与道德对人审判的标准往往只是表象，缺乏的是对人性深层的拯救与呼唤，认为改变一种生活、改变一种节奏，悲剧就可以避免。这是一种肤浅的认识，但人类会坚持很久。

昌荣为了某种纯粹而深入到一种精神世界，他也没有错，毕竟生命只有一次，他利用这有限的一次机会勇敢地去实现自己对生命的承诺，这应该得到所有人的尊重。

我相信人类循着浮华不会走得太远，终有一天他们会注重内心，并循着内心行走，因为这才是最真实感人的，内心最能把人从死亡的阴霾中解救出来。拯救心灵，进而拯救世界，应该成为我们最崇高的理想和人生追求。为内心而活和为内心而死的人是这个时代所缺的，我希望他们不因为虚假而留下遗憾，不因为肤浅而悔恨此生。

44. 老牛吃嫩草的后果

两鬓斑白的老钱二婚娶了个如花似玉的姑娘，两人勾肩搭背行走在街上，经常被误认为是不伦之恋。众同事十分困惑，老钱何德何能竟如此幸运？那日，同事们一起打牌，老钱输了五十块钱，被他年轻貌美的女人当众数落，老钱一副低眉顺眼、任人唾弃的堕落模样。老钱从前可不是这种人，对他的前任毫不手软，出现这种情况一准儿跳起来对掐，且屡屡占得上风，典型的卑鄙小人。

冰冻三尺非一日之寒，老钱能练成这副熊样儿，绝不是一朝一夕的事，这其中必然凝聚着他新任老婆的心血与汗水。打是情，骂是爱，这句经过历史检验的老话放在爱情的科学发展观上立竿见影，但放在老钱身上却已经不那么科学了，屡屡演变成暴力事件。

老钱告诉我等：婚姻里不仅有情色、武打，更有恐怖、血腥的人生。老钱用他的鲜活人生再一次告诫我们：男人，哪里都有他的用武之地！男人想在婚姻生活里混得如鱼得水可不那么容易，似乎也不那么正常，总觉得应该缺点什么，也必须缺点什么，然后想尽一切办法去弥补。

老钱在外面人五人六，在家里却当不起一个男子汉大丈夫，每回挨打，都一副血染的风采。

家庭暴力因什么而起？主要有两种可能：一是没有在人前替老婆挣回面子，二是房事不济。经我等仔细分析，老钱的这种情况十之八九是房事不济导致的。按理说老钱那身子骨还行，刚过中轴线而已，不会脆弱到不堪一击。人都说“三十如狼，四十如虎”，正是好年纪啊！这不由得让我们替他捏了把汗，再过十年，等他女人到了如狼似虎的年纪时，他这婚姻还能维持下去吗？

我安慰老钱：“你这算什么啊，上周我在南门一旮旯里看见一男的，被他媳妇骂得狗血淋头，那才叫丢人，简直惨不忍睹。”我话音刚落，老钱的眼泪居然掉了下来，说：“那也是我。”

这真是天涯何处无芳草，又人生何处不相逢啊！不仅震撼，而且邪门！我当初就劝过他，别被小姑娘的美色迷惑，保持一定距离。可文学专业出身的老钱看见粉嫩的小姑娘就管不住自己，更是运用自己的特长形容姑娘胸脯的美——静若处子，动若脱兔，心潮澎湃之时，一头扎进去，打死也不回头。如今，我的话应验了。

我说：“老钱，现实环境如此之残酷，殖民地也好，后花园也好，你已没有主权自由，如果实在熬不住了，就放手吧，给自己一个机会。”

老钱不住地拍打自己那看起来颇有几分像狗爪的手，感叹道：“都是自己当初手欠，没忍住啊！”

男人因为贪恋美色而结婚，听起来多少像是在欣赏一部恐怖片，往往接受刑讯逼供、严刑拷打的人是自己，他们不光要练就武士般的体魄，还要练就英雄般的胆识。他们不光要挨得住皮鞭，还要钻得了狗洞。男人受到虐待，多少让人产生幸灾乐祸的冲动："老钱，挺住啊，这世上能有几个像你一样娶得这般如花似玉的女人！一般人消受不起啊！"

话音还未落，就见老钱像一只兔子似的，满身肥肉乱颤着在众目睽睽下跑过。有人看不下去，对着老钱的女人喊："嫂子，给咱们男人留点尊严吧，你要是对老钱有意见，我建议你把他——阉了吧。"

老钱做人的风格突变，不再是当初的老钱了。在时代的进程中似乎正孕育着一场血雨腥风的潮流，志大才疏的男人们在婚姻的逆袭与政变中纷纷当起了汉奸、奴隶和走狗。

老钱更是如从十八层地狱逃出来一般，大气不敢出，一副听天由命、唯命是从的模样。老钱在环顾左右确定安全的情况下，大言："结婚怎么啦，结婚就不能重新做人了吗？就不能当家做主人了吗？这世道还有王法吗？"

对于老钱来说，老婆就是王法。在婚姻之战中，老钱的精神胜利法还是很管用的，相比女人，男人委曲求全之后的心灵安慰同样显得非常重要与迫切。法律没有规定男人结婚后就不能正常做人，但却没有办法帮男人解决正常做人的问题。老钱自身的问题不小，他都没有认识到，还得继续吃苦受罪。

血雨腥风之后，老钱竟然还能当着他的女人喊出"你把我五马分尸了吧"这样的豪言壮语。都到这份儿上了，老钱也没有说出"离婚"二字。这恐怖片看得不免让人起一身鸡皮疙瘩。看来，老钱是铁定了心要以苦为乐，做苦行僧，无怨无悔地选择女人，选择吃苦。

几乎每个人都会结婚，但真正懂得婚姻的人却寥寥无几。老钱不懂，他的女人也不懂。面对婚姻糊里糊涂就钻进去了，这就像一个机关暗道，进来容易，再想出去可没那么简单。

这是一个典型的老牛吃嫩草的故事，故事还在继续上演。

老钱在公司获得一次出国旅游的机会，他没敢享用，将名额让给了自己的女人。老钱过去那点花花肠子，他的女人了如指掌，自然对他不放心，于是身在国外，也不忘深更半夜地打电话回来查岗："老钱，你又出去鬼混？"老钱吓得直喊冤枉，在电话里一个劲解释："你看你都想到哪里去了，我还能上哪儿，自从跟了你，除了上班就剩回家睡觉了。"他女人说："你打开冰箱，开中间门，看最后一个格子。"老钱按吩咐去做，惊叫："怎么有两张照片啊，一张你的、一张我的！"

这女人的侦察水平也太高了，就她这智商，不去公安系统上班，不为国家反贪做事，那得是多么大的浪费啊！

老钱在婚姻包围战里给我们上了生动的一课。通过婚姻的活菌试验，给我们得出了一系列重大成果。关于老钱，我有一事不明，结婚之后，他是否已经彻底告别单身？老钱在时光的飞轮中被甩出来，在着地的那一瞬，没有变成一只鸡、鸭或狗，这究竟是幸运还是不幸？

老钱也曾经是本埠有头有脸的诗人，本来已经将写诗这个行业渐渐淡忘，可自从走上"老牛吃嫩草"的不归路之后，又重新拾起笔干起写诗的勾当，纯粹是排解胸中苦闷，借诗浇愁。

老钱的一生是聪明的一生、智慧的一生，他没有撞在诗歌的枪口上，但很不幸却撞在了女人的枪口上。不过老钱没死——这就是成功，这就是奇迹。老钱的可贵之处在于他死了之后完全可以制成一具标本，涂上虎纹，挂在墙上避邪。

45. 老汤这头倔驴

老汤每次出门都将屋子里的东西检查一遍，包括电脑里的各种存储信息和手机里有可能给自己清白抹黑的短信。更让人感到夸张的是，他已经写好遗嘱，随时准备撒手人寰。老汤这一做法令人匪夷所思。据说某一天，他亲眼看见和他并排行走在路上的路人甲被车撞飞，由此受到了刺激，精神萎靡，一蹶不振。作为一个进行过专门训练、有着强大内心的医生，他是不是有点过了？我见着老汤，打开话匣：“老汤，有病赶紧治啊，别等到癌细胞都挤进脑袋里了，再想着去治可就晚了。”

老汤没有反对，这就让人对他的动机产生了怀疑。对于一个不懂医术的人出于内心的一片好意，不管对不对，老汤不温不怒，也不回话。几天之后，我在去往老汤家的路上遇见一哥们儿，他拦住我问：“听说老汤得了癌症，是真的吗？”

我突然听到这个消息感到不可思议，惊问：“不可能吧，前几天看他还挺正常呢！”

接连几天，都有人向我说起。我感到事态很严重，看来老汤是难逃一死了。朋友一场，我决定去探望老汤，顺便劝他想开点，心别太拘谨，老天真要安排他死，他想躲也躲不过。我赶去时，老汤还跟前阵子见到他时一样，还是那么忙，出门时很神经地检查一遍屋子，摸一摸电脑。我说：“老汤，都这节骨眼上，你还这么想不开呢。有什么好检查的，有吃的赶紧吃，有喝的赶紧喝，别再节省了。”

老汤看我的眼神让我感到诧异，好像对他的死并不关心。无论我怎么劝说，老汤都不承认自己得了癌症。我说：“老汤，看在这么多年的朋友分儿上，我才这么劝你的，你再不正视自己，谁也帮不了你。”

说实话，得老汤这一朋友不容易，当初我也是出于对自身安危的考虑决定交一个医生朋友，我当时以为我的一生是要靠他来拯救的。但事实却并非如想象中的美好，老汤并不是心理医生，也不是肿瘤和内科医生，在我看来我有生之年最有可能得的三类疾病，他都管不着。他是一位妇产科医生。当初也没弄明白他的具体身份，但朋友是可遇不可求的，既然交了就得当朋友走下去。

老汤得癌症的事情传到他的单位，单位同事纷纷对老汤的不幸和即将英年早逝表示惋惜。我说：“老汤，再硬的骨头都会化作春泥，你就服一回软、低一回头吧！”

老汤是头倔驴，我说什么他都不接受。我说：“你有什么好怕的，人都有一死，你一个医生，比我懂。”一抬眼看见老汤如花似玉的女人，我突然意识到什么。老汤这么多年出门都检查自己的物品，难道是在防他的女人出轨，在家里设置什么高科技产品进行暗中监视？我觉得不大可能，老汤再厉害也只是个医生。

趁老汤没死，我还有很多问题想向他请教。老汤很慷慨，说：

“问吧。”

我对老汤当初选择做妇产科医生表示不理解，他能静下心来干好本职工作吗？老汤哈哈大笑，说绝对不会有下流的想法，迎接新生命的诞生是一件多么神圣的事情！如果把即将出生的新生儿看作一件产品的话，女人的身体就是一个加工厂，他就是负责安全生产的操作员。当初读书时老师就是这么告诉他的。

老汤错误地理解了我想问的问题，他忽略了我最重要的一个身份：诗人。

老汤说：“男人也好，女人也好，老人也好，小孩也好，我们看见的都是肉，肉里面有痛苦，我们要做的就是帮他们剔除肉里的痛苦。”

其实，我想知道的是在他手里进进出出那么多鲜活的生命，他对生命应该有比普通人更深的理解。但他一系列的反常举动令人生疑。

我换了话题，问：“你怕死，是因为老婆长得太漂亮？”

老汤不以为然地回答：“那当然，无法想象她对着别的男人投怀送抱。”

我说：“假如穿越到封建王朝，你会让你的女人为你殉葬吗？男多女少的时代，也为国家做做贡献吧，为维护世界和平出一份力吧！”

老汤对我的人品应该是信任的，我虽然说出这番话，但并不表示我垂涎他的女人。

最后一个问题，我想知道老汤这些年为什么在出门前要如此隆重地整理一番自己的物品。老汤却抬头看我，突然问：“你从来都不检查你的东西吗？”

说实话，我做不到。和老汤相比，他把死亡看得很神圣，很重要。因为死亡无法预知，且无法操纵，因此他只能多做些准备。两年前的车祸现场，死于非命者和他相距不到十厘米，而他还活着。这是一段不寻常的经历，在那场车祸中，他毫发无损——也许他已经死了，活着的是另外一个人。

我又去见老汤时，正赶上他出门整理自己的“遗物”。老汤的心情可以理解，但他太执着了。我说：“可以不整理了，相同的事情不会发生第二次。”

老汤很执拗，对我的劝根本听不进去。他依旧固执地感觉每一次出门都有可能是最后一次，如果不整理物品，他会感到不安。我是诗人，我没有做到的事被老汤做到了。我被老汤的精神感动，转身找纸笔，老汤一摆手：“别写了，写了半辈子诗，还没被那玩意儿噎死啊！”

又一天后，老汤突然问我，是谁在背后散布他的谣言。

我一拍胸脯，少有地摆出一副为朋友两肋插刀的姿态说：“如果真是个谣言，我去把这个造谣说谎的家伙揪出来。”

说到做到，我立刻出发。但令我没想到的是，最后的结果竟然都指向我。老汤得癌症是从我嘴里说出去的？我没想到自己随意说的一句话最后竟发展演变为大家都信以为真的事件。幸亏只是一句谣言，要是一句圣旨，老汤这条鲜活的生命估计就从此灰飞烟灭、化为乌有了！

46. 孩子的教育问题

我亲外甥十岁了。他聪明机灵，天真幽默，热爱劳动，肯帮助他人，话多，爱唠叨，我觉得这都是他的优点。我平时忙于琐事，跟他见面的机会越来越少。有一天，他妈打电话给我，哭诉那孩子见人不说话，古里古怪。我非常吃惊，这是在说她的儿子吗？“他见人就躲，不爱说话。”这是一个危险信号，看来他的反抗精神来势凶猛。他妈说这孩子打也打不好，骂也骂不好，他那叫什么成绩，老师都发话了，再不好好干，他的小组长就要给撤下让别人当了。他妈不断地唉声叹气，说这孩子毁了，没救了，将来还指不定成为什么样的人。其实成为什么样的人并不重要，只要不走邪门歪路，清清白白做人。我知道他妈说这话时隐含着当初我对那孩子的娇惯，他爱玩跟我有很大的关系。我是见不得他爸跟个黑脸包公似的动不动就对他发脾气的，一个才几岁的孩子，凭什么要受这么大委屈呢？我觉得孩子成不成器，不是由他自己说了算的，得父母往好的地方引导，一打一骂反倒没了方向感，像一只被掐了头的苍蝇不知道往哪飞了。如今看来，我当初的那套策略是有道理的，可惜没能很好地执行起来。她妈一打电话就跟我说这孩子的教育问题，不知道该如何调教，希望我能开导开导他。

我原先是非常看好那孩子的，聪明机灵，没想到两年过去，路子走歪了，现在再不往正路上来，将来还真不知道能成为什么样的人。其实我倒也不建议将他培养成国家领导人或省长书记什么的，如果能有一技之长，拥有自己的一小片天地，那是再好不过了。我特地赶回去，那孩子见着我没有以前那么亲了，以前见着我两眼放光，一准儿从门里冲出来抱住我的后腰。现在见着我最多叫一声，这还算是最高礼遇了，他见着他爸妈都是不逼到必须叫的份儿上绝不开口的。他见我来，知道我要找他谈话，眼角释放出不屑。我说："都十岁了，小大人了，整天只想着玩，还要不要脸！把心思收一收，再这么下去，非毁了不可！"

他镇定自若，面对我时一点也没有压迫感。他说："您要是这么说就没意思了，我这不是一直按照您教导的嘛，该玩的时候玩。"

我说过这样的话吗？就算说过，我也没想到他一玩连自己爹娘都不要了，学习也不搞了。我说："过去，我是说过这样的话，那不是为了保护你的天性嘛！没想到你这天性没保护好，野性倒是增加不少！"

他很没耐性，回看我一眼，说："直说吧，您想怎么着？"

"我希望你别再玩了，以学业为重。"

好一会儿，他才回一声："好吧。"

可我怎么一点都没感觉到他的诚意呢！我说："你打算什么时候收手？"

他说："您这是在威胁我吗？"

我写了二十年的诗歌，自认为练就了一副铜筋铁骨，却经不起他的锤炼。我被逼急了，说："今天你不改邪归正，我就不走了。"

"狗急跳墙了吧！"

"这叫什么话？"

"老舅，您这一招我妈可还没使用过呢！"

准备不足。完全出乎我的意料。我还停留在两年前呢，以为他听了我的训导会泪流满面、感激涕零，像只小狗似的看着我，从此改邪归正，走上正途。这小子的思维能力一点都不比大人差，稍不留神就上了他的套儿。这还了得！照这么发展下去，终有一天，不光他爹妈，我也会被他玩弄于股掌啊！他有这思维，怎么就不能用在正道上呢？把心思放在学习上，这世上还有他的对手吗？难怪他妈束手无策呢！连我这个被他爹妈视作高人，在小辈眼里伟大的舅也败下阵来。

我急眼了，以前我最反对他外公动用家法那一套，但现在我觉得这套办法不妨拿来一试。请他外公出山是不是显得咱太无能了？他外公正郁闷着，感到自己被边缘化了，满身的武艺无用武之地。这时要把他请出山，我真怕他一发而不可收，要知道当初为使他老人家偃旗息鼓可没少费工夫。正所谓请神容易送神难，不到万不得已，我不想走这招险棋，再说他老人家那招数也未必管用。

我和他妈商量半天，无果。但我发现了一个问题，就是这孩子没有以前那么幽默了，以前不论说什么话都能将我逗乐，这也是我喜欢他的原因。但今天，他跟我说的每一句话都让我心里堵了块石头。我批评他妈："这孩子变得没有幽默感了，以前不是这样的。现在不是学习的问题了，而是人品的问题。"

他妈没想到事情会发展到这一步，在教育孩子的问题上，她完全是一个失败者。她十分焦急，请教："这学习还要不要抓？"

我说："学习要抓，人品更要抓。不能掐紧了，容易断，慢慢收。他以前爱玩泥巴，就让他玩嘛，乡下又不缺泥巴。"我记得以前他将泥巴搓成屎的模样让我吃，用糖捏成屎的模样亲自喂我。我不吃屎——这句话陪伴我好多年，成了经典的段子。

这一次来对形势估计不足，导致失败。离开时，我一再叮嘱他妈，心要放宽，别硬顶。如今这时代已经不比我们那个时候了，游击战肯定是落伍了。教育孩子稍不留神就上升到制定战略的高度，这比商场策动战争拼个你死我活还让人伤透脑筋！教育孩子就是在打一场歼灭战。我一定会卷土重来。

47. 志高的灭亡

志高离开人世已经十年。

志高小的时候调皮捣蛋，长大后爱上穿戴，整天打扮得油头粉面，十分惹眼。我念中学时就已经很少见到他了。我们一起念书的那个乡村小学如今已经拆了，当初那帮同学的神态我都能记住。志高上衣口袋里装着一副扑克，手里握着两只骰子。老师在班上批评不好好学习的同学，却也赶到背风朝阳的胡同里押上一宝，如果赢了，就会去学校大门外面的肉案上称半斤猪肉拎回家。

志高母亲撵到学校来是因为志高偷了家里的鸡，鸡卖给了音乐老师，炖了，吃进肚子里去了。但这事闹大了，闹到乡里，又闹到县里。事能大能小，一只鸡也能让一个人民教师下岗待业。音乐老师是冤枉的，他并不知道那只鸡是不能吃的，他是花了钱的。

小学五年级的时候，我们分桌坐，男女搭配。志高趁着班主任没来，站在黑板前冲着全班四十几位同学大声叫最漂亮女同学的名字，并在放学的路上用手捣那位漂亮女同学的屁股。志高敢对另外几个男生宣布某位女同学是他的老婆。

在女人这件事情上，志高辉煌过。二十岁那年，我还处在青春的迷茫中，志高却已经拥着一位美女回村了。志高在一家高级酒店当管事，我见他是在一个背风朝阳的小巷子里，卷发，立领，脸很白，肚子很鼓，走起路来呼呼带风。那时候的我正自卑于自己的孱弱。

志高的女人跟着他怀了很多次孕，他每一次回来都是带他女人堕胎的。志高是村里第一个没拿女人肚子里的孩子当回事的男人。志高给他母亲买真皮大衣，给他哥买真皮大衣，把还大半新的皮鞋丢给隔壁的周老二。人们都赶到他家里去看他铺在床上的鸭绒被，看他如花似玉的女人。志高冲打村里过卖甜酒的中年男人一招手，递出去十元钱，说声："来二斤。"钱给得多了，他说声："不用找。"回头看见在村里乱窜捡拾破烂的中年妇女，他吼了声："谁叫你捡的？"吓得中年妇女连鞠躬带作揖，将东西归到原处。

志高看见我，跟我讨论起年龄来，他自称比我大两岁，但我明明记得他只比我大一岁。他大声说："在哪高就呀？"母亲替我回答："还在读书呢。""哦，读书好，当大官，有出息。"他只是嘴里随便说说，一点也没拿读书当回事。

村里许木匠的儿子将被褥打成捆，带上几件换洗衣服，准备跟志高远行，可到临出门时又在担心，怕志高半道上把他拐卖了。如果那年他离家了，可能就不一样了，他可能不种地了，他可能会是一个老板，嘴也不笨了，克服了见人说话心慌的毛病。志高从小就不是一般的孩子，做了很多大人都不敢做的事情。

我二十三岁那年冬天再次遇见志高，也是我脸皮最薄的时候，志高却已经有了很多与女人打交道的经验，他跟女人快活时的每一个动作都有一个好听的名字。我鼓足勇气问一句："这些都是你亲自实践过的吗？"志高嘿嘿笑，说："跟我去了你就知道是真是假了。"

我们都以为志高能永远那么快活下去，他却出事了。他因为欠了赌债，脑子被打坏了。他在医院住了半年，得了八千块钱的赔偿。这时候的志高不能再像以前那样大手一挥就呼风唤雨了。志高那八千块钱已经花得差不多了，他急需另外一笔钱。生活有时候也可以反着来，效果大不一样。

志高在死前的最后一年里开始捡拾垃圾，被人吆喝着躲开，就像他当初吆喝别人一样。他的卷发依旧卷着，只是不再又黑又亮，像被抄了家的鸟窝。志高最后开始守在人多的镇子上，还是那么开朗，不惧与人说话。他说过一年他就会去大城市，做厨师，当老板，挣大钱。

在志高快要不行的时候，喜欢过他的女人回来看望过他，丢下钱，虽然不多，却是一番心意。这个女人有情有义，想当初志高带回过的女人不止她一个。那个女人回来看他时已经怀有身孕，肚子明显比其他部位高出一截来。女人告诉志高，她已经有了另外的男人。志高很悲伤，但却坚强地告诉村里人，那女人肚子里的种是他播的。

志高的脑子坏了，很多事记不住了，但他能记住谁家的破铜烂铁摆放的位置，记住谁家挂在墙上的腊肉。他能记住我，说："你是我最好的同学，我们是兄弟。"

志高是怎么死的？没人知道。人们发现他时，他倒在镇子的柏油路上。他的身上还穿着几年前他从大城市回来时穿的大衣，只是颜色从过去的青绿变成了牛屎黄。

志高死的时候，我没撵去看他，我是在三天以后才得知的消息，在另一个村子，一个人对另一个人说："志高死了，再不用担心腊肉被人偷了。"

48. 鲁国人老廖

有一天，我遇见我上初中时在学校附近修鞋的老廖。我为再次遇见老廖而感到不可思议，斗转星移，看来有些人也不见得转眼就是一辈子。令我感慨的是，过了这么些年，老廖还在做着修鞋的活计，一辈子只做这一件事，令人感动。但他的生意越做越小，大摊换成了小摊，摆放在面前就像开着一架战斗机似的。这就是人生，无怨无悔。老廖说："看我像不像打鱼的？哈哈。"老廖每天坐在小板凳上，日出而作，日落而息。

老廖是山东人，常以鲁国人自居，以此为耀。记得我们以前的语文老师经常拿他开玩笑："老廖，改行了？不咬文嚼字了，改摆鞋阵了？"老廖也经得起玩笑，也爱说笑："是啊，写了两千多年了，太寂寞，改行了。"

那时候有一则新闻风靡全国，说的是一位修鞋的个体户，鞋摊变成了鞋厂，成了数一数二的老板。老廖看着他一字排开的家当，嘴一歪说："别小瞧我的鞋摊，说不定哪天我就成为有钱人了。"老廖越看自己的那些家当越觉得像是一列火车，爱得不行。修鞋匠能变成有钱人？这可说不准，说不定还真就在老廖身上实现了。但事实是老廖没有如我们想象的那样变得富有，他的家当不仅没有扩张，反而缩小了，甚至连他的人也跟着缩小好几圈，像一只被放大若干倍的耗子。

屈指算来，老廖今年快八十了，小的时候念过私塾，读过洋学堂，琴棋书画都能来一手，可惜没赶上好时光，大好的才华被埋没。人的命有时候真的不好说，老廖当初要不是太固执，低一低头，顺一顺眼，估计也不会是今天这副模样，说不定也会拿着丰厚的退休金，儿孙满堂，享受天伦之乐。老廖当初有棱角，对一切都满不在乎，老婆跑了算什么，但老婆跑了终究是跑了。无依无靠的老廖驾驶着他的“战斗机”进城，一点微薄的收入仅仅能够糊口。

我跟老廖打招呼，他没理睬。我说：“廖老夫子，您这是要学那有钱人刻舟求剑啊！”老廖抬头冲我一抱拳：“这位兄弟是？”“二十年前见过您。”“在哪儿？”我灵机一动：“在鲁国。”老廖哈哈大笑。老廖活得很开心，很自在。

老廖修鞋时的专注和不修鞋时的快乐让我觉得他是一个很单纯的人，每天驾驶着他的“战斗机”自得其乐。我说：“老廖，你要是死了，你的这些家当谁来继承？”老廖看了看我，说：“你要吗？还有我这一身的武艺，一起传给你。”我说：“好啊，我现在就做你的徒弟，你的这些东西将来都归我了。”

老廖竟然去附近买来一炷香，点着了放在地上，让我过去给他磕头。我一下慌了，说：“老廖，别啊，这可是你一辈子的心血，我怎么敢收！”老廖说：“不到我最后闭眼，我的这些宝贝是不会交给你的。”这我当然明白，他每天还得开着它们去战斗呢。

“快磕吧，磕了这些东西以后就是你的了。”老廖见我无动于衷，很疑惑："你为什么不磕头呢？我可是鲁国人，孔子的后裔呢！"我说："老大爷，天冷了，以后少出来一会儿，现在生活条件好了，国家也不会少了你这口吃的。"老廖哈哈大笑，道："那我可就真成废人了。我这套家当一般人置不起，舍不得丢呢。"我能理解。

一年之后，老廖突然不见了。开始，我并没有太在意，觉得他也许是生病了，或因为别的某些事情，他肯定会再次出现的。半年过去，老廖没有出现。我突然有些迷茫，老廖带走的不只是他自己……时间不知不觉，有些人有些事，转眼就是一辈子……

49. 再见了，村庄

我是从农村出来的孩子，我生活的那个村子很偏。那是一个散发着鸟粪味、鸡粪味和猪粪味的村庄。河沟里有鱼，伸手到水塘的草丛中，可能咬住你的是一只五百年前的王八。我外公每天中午担着渔具去附近的河里捕鱼，他捕鱼的方式很特别，划一只小木船到河里，将渔网下在水里，等鱼游过来卡在网洞里。

黄昏，许多男人聚集小河边洗澡，有说有笑。女人们趁男人离开用脸盆兜水回家，烧到温热，倒进木盆里，将屋门闩起来。但村子里最年长的女人洗澡却从不关门，她在木盆里洗澡，嘴里哼唱着曲调，那是我听过的最古老的民歌。老女人神态安详，她身上的肉是往下坠的，乳房像两只布袋挂在腰间。我一时没弄明白那是何物，十分惊奇。

据说村里最初的人姓金，后来又来了姓徐的，现在一个姓金的和姓徐的也找不到了，或是因饥荒死了，或是因瘟疫死了。这些都是我从二舅爷爷那里听到的，他知道村子过去的很多事情。二舅爷爷是一个特别传统的人，他是我唯一见过从三十年前直到今天都穿着同一件衣服的人。他老了很久，但却依然能够顽强地活在世上。

我最近一次回去，二舅爷爷屋门虚掩，坐在木盆里洗澡。我走路与推门的声音引起他的注意，他不动，问："是华华回来了吗？"他不再洗了，伸手去够一旁木凳上的毛巾，迎着我站起身来。他瘦骨嶙峋的身体再也挂不住如珍珠一般的水珠了。二舅爷爷从未离开过村子。

我出门看见二舅爷爷的黑棉布鞋，在太阳底下晒着，已经发白变薄的千层底有些发烫。在我很小的时候，二舅爷爷看见我在坟头上逮蛐蛐，说："华华，你要好好念书。"二舅爷爷只对我说过这样的话，他却不相信读书会改变命运，那吃皇粮端铁饭碗的都是天上的星宿。快九十岁的人了，前两年还往地里去，还能从山里拾柴火回来。他的衣服很旧了，补了又补，像只龟壳似的背在身上，被夕阳照着，很安详。

人都不见了踪影，小村似乎又恢复到很久以前的时光。以前，每户人家都有好几个小孩，洗澡相互争抢，木盆摆在大门口，路过的人喊一声："雀子让老鹰啄去了。"走到木盆前用手指弹他的雀雀，小孩用手捂住，大人就用手去掏他的肚皮，发出清澈的笑声来。现在村子里除了二舅爷爷的木澡盆外，已经看不见别人家还有那玩意儿了，也没有哪家孩子还在门口摆木盆洗澡了。以前散发着泥土芳香的泥路，如今光溜得像女人的奶子一样，变成了水泥路；以前的青砖灰瓦不见了，取而代之的是粉刷成白色的小洋楼。即使是这样，那些楼房大多也都空了，人们都搬进了城里，或是找人多热闹的地段又重新盖了房，彻底离开了祖祖辈辈栖居的村庄。

村子空了，只剩下几个老人像守着窠臼的老鸟。村子的旧时光在草木深处隐藏，嘀嗒作响……

50. 当官的骨架

很稀松平常的一件事却让我认清一个人。

老贡在小区门口开了一个店，他从十六岁初中毕业就开始做百货公司售货员，三十年了，一直没变。他家的猪肉每斤总比别人家的贵出一两角钱，鸡蛋也比别人家的贵。有人问："你家的东西怎么这么贵？"他回："吃到嘴里你就知道了。"老贡脸上的青筋一年到头都紧绷着，一副不求人的嘴脸，每每关键时刻总会冒出一句："滚蛋，老子不卖了！"一传十，十传百，名声坏了，生意一直那么冷清。

老贡看谁都不顺眼，对面店铺里的鸡蛋都有毒，猪肉里都注了水，人民币都是假钞，进去买的人都是傻子，脑子都有问题。大家在一起就是你骗我，我骗你，骗来骗去，社会风气让这帮孙子给带坏了！老贡说："我家的打火机能打七百次，他们的五百次都不到，不信你试试。"然后拿起一个打火机在我面前晃，给我演示里面的气。

"我们家的苹果是从山东调拨过来的，橘子是从浙江调拨过来的，都是正宗货，个顶个的新鲜。"我喜欢听老贡如数家珍地数说他家的商品，爹是谁？从哪里来？上哪里去？他都一清二楚，有名有姓。我说："给我来二斤橘子。"最后一个橘子，老贡挑了几次，还是多出二角来。我说："二角，我有的。"老贡说："算了，不收你的了。"

老贡是愤青，不出意外，到八十岁时嘴还是鼓着的，一年到头难得见他笑，呼进呼出的气都比别人粗，比别人急促。老贡轻易不跟人理论，理论起来没完没了。"我的鸡蛋是老刘昨天才送过来的，个儿小的，不中看的，我都让他带回去了。贵五毛，你吃得放心……"

有人喜欢抬杠，说："那鸡蛋又不是你下的，好不好只有鸡才有发言权！"老贡火了："滚，你给我一百块钱一斤，老子也不卖给你。"老贡气还没消，见着我，掏出兜里的打火机说："咱比比。"我说："一块钱的东西，还要分出个高矮胖瘦来，又有多大关系呢？"老贡十分严肃地说："社会就是让你们这帮人给惯坏了。骗子越来越多，恶劣商贩越来越多，就是让你们给骄纵的。社会上坏人越来越多，好人越来越少……"没想到一个小小的打火机也能上升到民族危亡的高度。老贡说："劣质打火机会爆炸，会炸死人的。"这是我始料未及的。

老贡成天一副逮着谁都想咬一口的神情，这辈子注定要吃苦。没有深仇大恨完全不必这样，人要学会包容，要看透。我想劝他，但他就像一只刺猬，让人无从下手。

这都不算什么，更可怕的是，老贡竟然有一个跟他一模一样的儿子，才十八岁。那天，我去他家买东西，正赶上老贡上厕所去了。我问："老贡呢？"那孩子没理睬我，非但不理睬，连看都没看一眼，继续玩他的手机。我说："买一只火机。"连说三遍，他回我："没有。”我手指着柜台里面说：“那不是吗？”小孩看了一眼，说：“打火机就打火机，说成火机。”然后很生气地拿出来往柜台上一丢。

过去的百货公司是公家开的，里面的货比外面要便宜一些，东西也比外面的正宗。柜台上的事由老贡说了算，人多排队，他看谁不顺眼就让谁到一旁多等，不许争辩，不许讨价还价，不许说半个“不”字。老贡的病根儿是从那会儿落下的，嘴凸出去，用手按都按不回去。

我妈却很羡慕吃公家饭捧铁饭碗的人，这种病也不是一般人能得的。那些一年到头靠天吃饭的，碗里有没有肉跟那一年的收成直接挂钩。我妈说：“你看看人家吃快活饭的，睡到七点钟才起床，冬天有炭火烤，夏天有风扇吹。”时过境迁，如今当官的早已经不吹胡子瞪眼，不凸出可以挂酱油瓶的嘴了。老贡除外。

老贡比我大十多岁，扯起来，我应该叫他“大哥”，但他却偏偏以长辈自居。这一点倒是值得称道的，“喜欢攀长辈，见人三分亲”，也算是咱中国人的优良传统了。随着时代的变迁，现在人却已经不那么想了，六十岁了，还希望你叫她阿姨，而不是奶奶。遇到四十几岁的，你叫她阿姨，她有可能跟你翻脸。但脸上再怎么涂脂抹粉，再怎么整，那骨子里的东西却是没有办法更换的。

当然，老贡身上的病或许并没有我们看到的那么简单。老贡祖父往上都是做官的，据老辈人说，老贡家以前出门都是不走路的，那官不是一般的大，可以号令三军，违令者斩。即使到了他父亲那一代，好歹也在乡里供过职，当过国家干部。到了老贡这一代，每况愈下，但这副当官的骨架没散，精气神儿还在。在老贡的身上，我看到了他的真实与可爱。

51. 堂叔德财

德财是我父亲堂叔的儿子，是我的堂叔。亲戚关系有些远，快出五服了。因为我们在一个村子里，所以亲戚关系还维持着。德财大我十五岁。他的眼神不好，是胎带的，认字得凑在跟前看。看人也一样，远了分不清是男是女。

小时候，母亲让我跟随德财一道去亲戚家吃酒，我喜欢静，他喜欢凑热闹，遇上赌博还要凑上去押几宝，输了本就最后押一次嘴，说钱马上就到，开了宝，他又输了，拔腿就跑。因为赌博，他没少挨打，但一有赌局，他还是像以前一样，一点也没改变。其他时候，他也会跟人拉家常，掰指头算上一年的收成。如果有人说谁家女人不守妇道，他会主动凑上去打听，说那女人对他也抛过媚眼，勾引过他。我再也不愿意跟德财一道出门吃酒了。村里人说："老实人，就是嘴坏，可怜一辈子。"

我十八岁那年眉清目秀，村里人都说我有出息。德财拿起我的一只胳膊，仔细打量着说："这手跟姑娘家手似的。"那时候我有了一个非常远大的理想，想成为一名了不起的诗人。我开始写诗，诗是论行的，就跟大豆论斤一样。每写一首，我都会把行数记下来，对昌荣说我又写了多少行的诗。德财只上过小学二年级，只会写他自己的名字。他问我什么是诗，那玩意儿能当饭吃吗？我恨不得在他的饭碗里拌上耗子药，让他一命呜呼。他对我母亲说：“华华长得不丑，好娶媳妇。”

村里来了算命先生，他赶过去打听价钱，五块钱算一次，他跟算命先生讨价还价，五块减到两块五。算命先生说他这辈子是和尚命，难有女色近身。他气愤地将算命先生套在脖子上的铜锣扯下来又扔出去，振振有词：“你一个瞎子能看出人家的命吗？你要真这么能掐会算，怎么不替自己也算一算！”德财不仅不给算命的钱，还赏了算命先生两脚。算命先生也不甘示弱，说：“德财，你狗仗人势，有一天你也会两眼烂成窟窿的。”德财又是几脚。算命先生不敢再吭声了，趴在地上摸他的铜锣。

有人替算命先生打抱不平：“德财有本事跟志高打，欺负一个瞎子算什么本事。”志高脑子坏了，也是跑过大码头的，过去也从没把德财放在眼里。但现在世道改了，志高愿意跟德财称兄道弟，但德财却觉得掉价，说：“离我远点，爷爷我还有事呢。”说完，咣当一声将门关上。志高不急，有的是时间。等德财将门重新打开时，志高还在门口。志高毕竟是见过大世面的人，尤其是女人。但志高有一个毛病，坐在那儿会不停地吐痰，志高说是脑子坏了，必须要吐痰。德财说：“吃屎了吗？不吐不行吗？”无论德财怎么说，志高依旧吐个不停。从门口路过的人冲屋内喊：“德财，中午留志高在你家吃饭，下午接着聊。”德财却说：“上你家吃去，我家没米了。”

过去村子里很热闹，每天都人来人往的，直到后半夜还能听见人走路的声音。隔壁家的大黄两腿有力地踩着地面快速从门口飞奔出去，在村口传来一阵阵狗叫声。黑夜里有各种各样的野物叫声，尖厉刺耳。走夜路要有足够的胆量和勇气。在这个村子里有很多传说，关于男人的、女人的、活人的、死人的。前村的黑眼每回见到德财都大声说："德财，马寡妇的男人晚上要来找你，你睡了他的女人。"德财笑起来，肩膀控制不住地往后缩。

每回有人拿他跟马寡妇开玩笑，他都笑得合不拢嘴。马寡妇经过时，有人一拍德财的肩膀，大声说："德财，看谁来了？"德财往前紧走几步，看出是马寡妇，脸上一本正经。

夜里，有人趴在德财的木门上，透过门缝朝里面学女人的声音："德财，我是马寡妇，你就落一张嘴，有本事你来真的。"德财竖起耳朵来听，激动起来，连裤子都没穿就从床上起来开门。那人站在黑暗中冲他再叫一声："来呀。"德财什么也不顾了，跌跌撞撞地追过去。德财追至马寡妇屋门前，拿耳朵贴在门上听，却没听出动静来，知道是上当了。第二天这事传开了，有人问他："马寡妇那两只奶子像小山包似的，好摸不？"

很快这个村子就散了，人们都搬去城里或镇子里，就连马寡妇也跟了人离开。我堂叔德财没有地方去，依旧在村子里待着。

开始那几年，德财还逢人便说他跟马寡妇睡觉的事，说得跟真的一样，但没人肯相信。因为马寡妇从来都没正眼瞧过他，那话只有他自己信。到后来就没人再听他说了。村子里也没什么人来了，过去的那些屋子没人住，时间一久，屋子里长出树来，将屋顶戳通了，好好的屋子突然在深夜里发出"轰隆"一声，墙倒了。这屋子没了人气，很快就朽了，木料就烂了。只有德财的屋子还在村子曾经最繁华的中心立着，那光溜的门脸上贴着崭新的门对子。德财像只大黄狗似的坐在门槛上。

我从城里回来时大声跟他打招呼。他突然说：“华华，你的声音变了。”这是他的看法，我觉得我还是过去的那个我。